逆行した悪役令嬢は、
なぜか魔力を失ったので
深窓の令嬢になります
3

ルイ・デュトワ
デュトワ国の第一王子。王族としての行動を最優先にしており、冷静沈着で冷徹さもある。一度興味を持ったことには、とことんこだわる性格。
テオドール・カミュ
カミュ侯爵家の嫡男で、魔術師団に所属。人をからかうのが好きで、物事を面白い方向に進めたがる。精霊から懐かれやすい。
ラシェル・マルセル
マルセル侯爵家の元悪役令嬢。魔力が低い者や平民を見下すような傲慢さがあったが、逆行後は過去の自分を反省し、感謝と優しさをもって人と接するようになる。
主な登場人物

サミュエル・エモニエ
マルセル侯爵家の料理人。あまり怒ることや感情的になることはなく、常に穏やかな柔らかい空気感を持っている。
レオニー・ミリシエ
ミリシエ伯爵家次女で第三騎士団の騎士。テオドールの従姉にあたり、男装の麗人。
アンナ・キャロル
キャロル男爵令嬢で、小動物のような見た目で明るい笑顔を絶やさない少女。ただ、その笑顔の裏には秘めた思いがあり……。

Contents

逆行した悪役令嬢は、なぜか魔力を失ったので深窓の令嬢になります

3

蒼伊

イラスト
RAHWIA

1章　新たな旅へ

朝晩は、肌寒さを感じるようになった季節。殿下と会えない日々は依然続いていた。それでも、前を向けるのは、側にいなくても背中を押してくれる殿下の存在が大きいから。

そして、現状を少しでも変えるべく、私はまず一歩を踏み出した。

普段であれば和《なご》やかな夕食の時間、私は厳しい顔をした両親と対峙していた。

「ラシェル、自分が何を言っているのか、わかっているの？　学園の長期休暇にブスケ領に行きたいだなんて……とても賛成できないわ」

母の言いたいことは理解している。

マルセル領が明るく活気のある港の街であるならば、ブスケ領は厳しくそびえ立つ雪山に守られた街だ。貴族の子女が旅行に行くとは考えにくい土地だろう。

何せ、この国で最も厳しいと言われる修道院――シャントルイユ修道院のある場所なのだ。

「あの場所には、カトリーナ嬢がいる。あの修道院から出ることなど考えられないが……それでも、近付けたくないと思うのが、親として普通ではないだろうか」

「はい……。お父様の仰《おっしゃ》ることは、その通りだと思います」

父の口から出たカトリーナ・ヒギンズ侯爵令嬢は、かつて私の友人だった。

殿下の婚約者である私を陥れ、殿下の妃の座を狙ったことが公になったことで、ヒギンズ侯爵家の立場は、今現在極めて厳しい状態になっている。

元々人望のなかった侯爵夫妻を擁護する者は少なく、今はカトリーナ様のお兄様が名誉回復のために尽力していると聞く。

カトリーナ様の噂は王都までは流れてこない。もしかしたら、未だ私のことを恨んでいるかもしれないし、過去のことと考えてくれているかもしれない。

殿下はあの事件の後、独自に彼女の素行を調べているかもしれないが、あえて話題に上げることもないので、私が彼女の現状を知る術《すべ》はない。

だがやはり、父も母も未だそのことが気がかりなのだろう。

——ただ行かせてほしいと言っても駄目、よね。

もちろん目的はある。私の時間が巻き戻ったことと、アンナさんが前世を思い出したことが関係するのならば、私が最期を迎えた時に、何か手掛かりがあるのではないかと考えたのだ。

その瞬間を迎えた場所こそが、ブスケ領に向かう森の中だった。

前回の生において、過ちを犯した罰として私は、シャントルイユ修道院に送られるはずだった。だが、ブスケ領に入る手前の森で賊《ぞく》に襲われたのだ。

「そこに……失った力の鍵があるのではと、なぜかそう思うのです」

両親に、私が一度死んだことは言えない。あやふやな理由に納得してくれる保証はない。それでも私は、自分が恐怖で目を逸《そ》らしていた現実と向き合いたい。

それに向き合わない限り、私は何も手にすることができないのではないかと思う。

「それに……私はこの国のことをもっと知らなければいけないのです。この国のこと、民のこと、そしてその地の子供たち。私が目指すものをしっかりとこの目で見て、知りたいのです」

いま自分が言える精一杯の本音を両親にぶつけるように請う。

すると、母は困った子供を見るように眉を下げた。

「……ブスケ領の近くにあるダスタン領は知っているわね？　私の姉が嫁いだ場所よ」

「そう、ですね。シビル伯母様ですね」

突然出た伯母の名に困惑しながら、母の言葉を待つ。

「そこに立ち寄るには、少し遠回りだけど、ブスケ領を通るのも不自然ではないわね」

「お母様！」

「なっ、君はラシェルが心配ではないのか」

歓喜する声を上げた私に対し、父は信じられないとでも言いたげに母を非難するような視線を向けた。だが母はそんな父の視線を、その優しい眼差しのまま受け止めている。

「心配ですよ。この子は私たちが過保護にし過ぎて、世間知らずに育ってしまいましたからね。でもこの子が目指す場所は、私たちが守ってあげられない場所よ。だとしたら、ラシェルを信じて背中を押すことしか、私たち親にはできないわ」

寂しそうに微笑みながらも、その成長を喜ぶような母の顔。きっと本音ではもっと反対したいのだろう。そんな想いに蓋をして、私に寄り添ってくれる母。

「お母様……詳しい理由を、聞かないの？」

「言うつもりがないのでしょう？　だったら聞いても仕方がないじゃないの。ただ、覚悟を決めたのなら、相応の心構えをしなさいね」

いつか、私もこんな人になりたい。母のそんな顔を見ながら、力強く頷《うなず》いた。

父はそんな私たちの様子を見て、「全く……」と弱々しく呟《つぶや》くと、私へと視線を向けた。その瞳は、幼い時から私を優しく守ってくれる、温かく穏やかなものだった。

「いいかい、ラシェル。私はお前の魔力が戻らなくても、お前がただ元気でいて、幸せならばそれでいいんだ」

「はい、お父様」

「全く。子供の成長は早過ぎるな……。もっとゆっくり大きくなってくれたらいいのに」

父は、本当は今も納得していないのだろう。私がブスケ領に行くことを。

それでも、結局は私の行く道を応援してくれるこの両親に、私はずっと感謝し続けていくのだろう。この2人から授けられたこの命を、人生を、大事にできなかった自分を情けなく思うと同時に、今度こそは大切にしたいと強く誓った。

その後、私は学園に通いながらもブスケ領へと旅立つ準備を着々と進めた。この機会を逃すことはできないから、万全を期して臨まなくてはならない。

情報を集めるなかで、私は父から意外な真実を聞くことになった。

「あの森には兵士が常駐しているのですか？」

「あぁ。ブスケ領とミリシエ領を繋《つな》ぐ道は、その森の中を通る道だけだからね。あそこは何十年も前に、商人や貴族の馬車が賊に襲われる事件が何件も続いてな。それからは、兵士が配置されている」

「そんな……」

私の小さい呟きは父には届いていなかったようで、「それからというもの、賊の被害は報告されていない」という父の言葉が、遠くにぼやけて聞こえながら呆然《ぼうぜん》とした。

——待って……どういうこと？　あの時、私は賊に襲われたし、もちろん兵士はいなかった。父の話が本当であれば、誰かが意図して、賊を装って私たちを殺した？

辿《たど》り着いた結論に、ゾクリと背筋が凍る。

「ラシェル、どうかしたか。顔色が悪いが」

「い、いいえ。何でも」

私の異変に、父が心配そうに顔を覗《のぞ》き込む。取り繕《つくろ》うように無理やり微笑みを浮かべたが、それでも早くなった心臓は一切落ち着いてくれなかった。

誰がどのような目的で兵士の警備を外し、賊に私たちを襲わせたのか。

恐怖に震えながらも、過去を知ることをやめるわけにはいかないと自分を叱咤《しった》する。きっと、自分が今後向かう先には、望む答えだけが用意されているわけではない。だからこそ、自分の気持ちが負に引っ張られず、どんな結果だろうと受け入れなければいけない。

準備が進むにつれて、殺された瞬間を思い出し、何度もフラッシュバックすることで夢見が悪く、寝つけないことも増えた。

それでもようやく、旅の流れについて父と納得する答えを見つけられた頃、私は大教会を訪れることが叶《かな》った。

◆◇◆◇◆

「アンナさん、もっと早く伺《うかが》おうと思っていたのに、遅くなってごめんなさいね」

「そんな！　ラシェルさんからの手紙、いつも本当に嬉《うれ》しくて……ありがとうございます」

アンナさんと会うのは、アンナさんが私の家で前世を話してくれた時以来だった。

久々に会うアンナさんは、陰鬱《いんうつ》さが消え、はつらつとした明るい表情を私に見せる。最近のアンナさんは教会で学ぶことが楽しく、今は沢山の人と会話するのが楽しいそうだ。

大教会内を目的の場所まで、アンナさんと並んで歩いている間、アンナさんは最近の様子を楽しそうに語ってくれた。

少しの沈黙が訪れた際、私は心配している点をアンナさんに聞いてみることにした。

「記憶の方は……どうかしら」

「そうですね。やっぱり徐々にアンナに寄ってきている気がしますね。杏の記憶も忘れないように紙に書いているんですけど。最近は日本……前世の文字がところどころ読めなくなってきて」

アンナさんは寂しそうに俯《うつむ》く。だが、すぐに顔を上げて、にっこりと微笑みを私に向けた。

「でも、誠くんのことだけはちゃんと覚えていますから。その大切な思い出さえあれば、それで私は大丈夫です！」

「……そう」

「それに、アンナの記憶を取り戻しているから、今の両親が来てくれた時も会話がちゃんとできるようになったので、この世界を大切にする気持ちを取り戻せたりしている気もして。だから、私はもう一人で立っていられます」

アンナさんは私を心配させないようにと、声を弾ませた。でもその明るさは、やはり空元気《から》にも見え、彼女の葛藤《かっとう》が窺《うかが》える。それでも前を向く姿に眩《まぶ》しさを覚える。

「私を見て『聖女様』なんて涙を流す人もいて……。何も持っていない、名前だけの私に……。だから、そんな人たちの期待を裏切らないように、とにかく頑張りたいと思っています」

「そう。……アンナさんなら、きっとできるわ」

アンナさんの心情の変化に嬉しくなり、並んで歩いている足を一度止めて、彼女を真っ直ぐに見ながら伝える。アンナさんは一瞬泣きだしそうに顔を歪《ゆが》めると、両手で顔を覆った。

「もう、ラシェルさんは甘いですね。もっと憎まれてもおかしくないのに。あなたを苦しめた私に救いの手を差し伸べちゃうんですから」

「私は手を差し伸べてはいないわ。あなたは自分で立ち上がって、ここにいるもの」

彼女は沢山苦しんでいる。私にできるのは、その頑張りを見守ることだけだから。

「……それが救いなんですってば」

小さく呟いたアンナさんの声を聞き返すも、アンナさんは「いいえ」と首を振り微笑んだ。

そして、再び並んで廊下を歩き始め、アンナさんが一つの部屋の前で止まると、「ここです」と私に告げた。

「1時間ぐらいは大丈夫かと思います。私はこの部屋と続いている隣室で待っていますから。話が終わったら、中の扉から隣室に来てくださいね」

アンナさんは、私と殿下との婚約継続が危ぶまれていることを、自分の責任だと気に病んでいるようだった。陛下にも直《じか》談判してくれたそうだが、色よい返事は貰えなかったようだ。

せめて、殿下と私が会う機会を作る協力をしたいと申し出てくれたが、当初殿下は、アンナさんからの申し出に懐疑的であった。

アンナさんも『自分の行動が原因ですから。信用してもらえるようになるには、それ相応の行動が必要ですね。それでも、できることは何でも協力したいです』と言ってくれていた。

「えぇ。アンナさん、ありがとう」

「いいえ、お礼なんて。こうなった原因は私ですから。2人が会うお手伝いしかできなくて、本当に申し訳ありません」

そう言うと、アンナさんは私に深く礼をし、隣室へと入っていった。

残った私は、目の前のドアをジッと見つめた。中にいる殿下を想うと、胸の高鳴りが静まらない。いつだって殿下に会う前は、心臓の音が耳に届くのではないかと感じるほどだ。

視線をドレスの裾へと向け、皺《しわ》がないかどうかを確認する。そして、右手を左手でギュッと握り込むと、大きく深呼吸する。

意を決して、コンコンとノックをする。すぐに中から「どうぞ」と殿下の声が聞こえてきた。それだけで、さらに心拍が早まり、同時に自然と口元が緩んでくる。

ゆっくりとドアを開けると、部屋の奥で２人の騎士と共に立ち話をしていたであろう殿下の視線が私へと向く。

殿下はハッと顔を上げると、嬉しそうに頬を綻《ほころ》ばせた。声は届かなかったが、その唇の動きで私の名を呼んだことがわかる。

自然と早くなりそうになる歩みを心の中で制し、優雅に見えるよう、意識してゆっくりと足を前へと出す。殿下の方も、こちらへと足を進めようとしている。

だが先に動いたのは、殿下の隣に立っていた赤髪の女性騎士であった。緩やかなウェーブした髪を一つに結び、騎士団の制服を格好よく着こなした彼女が目の前まで颯爽とやってくると、女性としては長身の自分が見上げるほどの身長に驚く。

彼女は、切れ長の瞳を向け、スッと膝をついた。思わず殿下へと視線を向けると、殿下は額に手を当てて深いため息を吐《つ》いている。

「僕はレオニー・ミリシエ。お会いできることを楽しみにしておりました」

アルトの声で名乗った彼女は、涼《すず》やかな微笑みを浮かべ、手袋越しに私の手を取り、甲に口づけをした。

驚愕に目を見開く私を、彼女は嬉しそうに目を細めて見る。

視界の隅に、不機嫌さを隠しもせずに、こちらに近づく殿下の姿が映った。

「ラシェル・マルセルです」

戸惑いながらも名乗り返すと、目の前の彼女は笑みを深め、眩しそうにこちらを見つめた。

「いつまで手を握っているつもりだ」

「おや、気がつかなかった。これは失礼を」

いつの間にか私のすぐ隣にやってきた殿下は、私の腰に手を添え、もう片方の手で女性騎士の手をベリッと剥がした。

殿下に睨《にら》まれた彼女はさほど気にする素振りもなく、私にウィンクをする。

「殿下は気が短いですね。いやー、それにしても、ラシェル嬢は噂通りお美しい方ですね」

「……全く。だから、ラシェルにお前を紹介したくなかったんだ」

目の前の女性騎士は騎士という仕事柄か、女性的な雰囲気をあまり感じさせない。スラっとした長身や切れ長の目が特にそう思わせるのだろうか。護衛騎士としては不思議と気安い雰囲気だ。

そういえば、先日アボットさんが彼女のことを、こう話していたはずだ。

『レオニー・ミリシエ様にこの間お会いしたのよ。まるで小説の中の王子様のようで驚いたわ。夜会でも常に男装されているそうで、女性からの人気が、それはもう凄いものだそうよ』

それを思い出して、また改めてもう一度彼女へと視線を向けると、中性的な顔立ちと落ち着いた声、どこかミステリアスな雰囲気、さらに華《はな》がある。

「ラシェル、とりあえず紹介する。第三騎士団のミリシエだ。ミリシエ伯爵の次女だ」

人気も頷けると考えていると、隣で殿下が眉間に皺を寄せたまま、彼女の紹介を始めた。

「ぜひ、レオニーとお呼び下さい。ラシェル嬢」

「ミリシエだ！」

嫌そうに紹介する殿下とは対照的に、女性騎士は上機嫌に微笑む。殿下の冷たい視線もまるで目に入らないかのように受け流す姿は、不思議とどこか既視感を覚える。

レオニー様の生家であるミリシエ伯爵家といえば、優秀な武人を多く輩出し、歴史は古く建国当初から、王家を支えている名門だ。噂では、彼女は第三騎士団の次期副団長らしい。

「えっと……ミリシエ様」

「ラシェル嬢、あなたの凛《りん》とした美しい声では、ぜひ名前の方でお呼びいただきたいのですが」

「いいか、ラシェル。こいつの言うことは聞き流していい。腕は第三騎士団の中でも片手で足

りるほどの実力を持っているが……。女を片っ端から口説く癖がある」

「殿下、僕の悪評を流すのはお止めいただきたい。ラシェル嬢、何か質問などありますか？ 何でも答えますよ」

「質問……そうですね、えっと。ミリシエ伯爵家と言えば、カミュ侯爵家と……」

「あぁ、よくご存知で。そうですよ、親戚です。僕はテオドールの従兄弟にあたりますね」

既視感はテオドール様であったか。不思議と初対面にしては、距離が近く、一癖ありそうな方。テオドール様の親戚だと言われると、妙に納得してしまう。

「ラシェル嬢の噂はテオドールから聞いています。マルセル領での護衛にも立候補したのですが……なぜか選ばれなかったんですよね」

「わざわざ危険を増やす真似などする必要はないからな」

「ロジェより僕の方が腕は立つし、なにより女性同士の方がいいと思いますけどね」

「その同じ女性が、ロジェよりもたちが悪いから選ばなかったんだろう」

急に話題に出されたロジェは気まずそうに「いや、俺は……」と口籠《くちごも》っている。

「綺麗《きれい》な女性を褒《ほ》めるのは当然ですからね。お近づきになりたいと思うのも自然でしょう？」

「もう25歳なのだから、身を固めろ」

「ははっ、嫁ぐ相手がいないんですよ。僕より圧倒的に強い相手じゃないと嫌だし」

第三騎士団の中でも片手で足りる腕前……それより圧倒的な強さを持つ独身男性は、一体何人いるだろうか。そう考えていると、レオニー様は殿下に向けていた視線をこちらに向けた。

「だったら、結婚などせず、ラシェル嬢のような美しい女性たちと遊ぶ方が楽しいでしょう？」

色気を含ませた流し目に、思わずドキッとする。

だがすかさず、腰に回っていた殿下の腕に力が入り、殿下が私の顔を覗き込んだ。顔面に迫る蒼い瞳は見つめられるだけで、私を捕まえて離さない。

「ラシェル、他の者に心を動かされるとは、感心しないな」

「動いてなど……」

私の答えに、殿下は満足そうに、瞳を柔らかく甘いものへと変化させる。

そんな私たちの様子に目を丸くしたレオニー様は、「ははっ、殿下が年相応に見えますね。いやー、若い」とケラケラと声をあげた。

「まぁ、いい。これ以上続けても時間が勿体《もったい》ない。とりあえず、お前とラシェルを引き合わせたのだから、これでいいだろう。ほら、お前たちは隣室に移動しろ」

「殿下、あまりにも雑です。ちゃんと今後の説明もしないと、ラシェル嬢が困ってしまいますよ」

「……はぁ。仕方ない。ラシェル、今度のブスケ領行きの護衛だが、ロジェとレオニーの２人を第三騎士団から付けようと考えている」

「第三騎士団からですか？　いえ、でも……大丈夫なのでしょうか」

第三騎士団は王太子の管轄下ではあるが、私の護衛に付けることを陛下に知られたら、いい顔をされないのではないだろうか。

私があまりにも心配そうな顔をしていたのか、殿下は優しく微笑んだ。

「レオニーはブスケ領の隣にあるミリシエ領の人間だからね。いくらでも誤魔化《ごまか》せる」

「そうですよ、安心してください。僕は領地にも詳しいですから。自分で言うのも何ですが、これ以上の適任はいないのですよ」

「そうなのですね。では改めましてレオニー様、ロジェ、よろしくお願いします」

「もちろん」

「はい。今度は危険な目には遭わせません」

ロジェは真面目な顔付きで膝を付いた。マルセル領で迷惑をかけたのは私だというのに。ロジェはこの半年、相当鍛え直しているようだ。それは表情からも身体つきからも窺える。

「では、殿下は待てができないようなので、隣の部屋で待つとしますか」

レオニー様はそう言うと、ロジェに声を掛け、隣室へと繋がる扉へと向かった。そして扉の前でロジェと共にこちらへ礼をすると、隣室へと入っていった。

2人が部屋から去ったのを見届けた後、殿下のほうを振り返ろうとした瞬間。

「ラシェル、ようやく2人だ」

甘く優しい殿下の声が聞こえた。声を辿ると、殿下は目を細めて私を愛おしそうに見つめる。

「いつだって君に会いたくなるよ。この間会った時から、もう何年も会っていないような感覚さえある」

「私も……私も殿下に会いたかったです」

素直になろうにも、どうしても殿下のように上手く言葉が紡げない。頬が紅潮し、胸がドキドキする。殿下を想う気持ちをもっと伝えたいのに、恥ずかしさが勝ってしまう。

それでも、私のそんな気持ちを殿下はお見通しなのかもしれない。

そっと殿下を窺い見ると、殿下も僅《わず》かに赤みが差した頬で、くしゃりと嬉しそうに笑った。

「侯爵からラシェルの近況は教えてもらっているが、それでも会えて嬉しいよ」

「学園でも、会えないですものね」

「卒業パーティーまでには決着をつけたいが。本当に不甲斐なくてすまない」

「そんな。殿下が表立って動いたら、もっと事態が悪化することは理解していますから」

いくら陛下といえども、婚約が継続している以上は、表立ってアンナさんとの婚約を推し進めたりはしないだろう。それでも、いつ陛下の気が変わるかは分からない。

殿下が私への執着を見せれば、きっと常ならない殿下の様子に無理にでも私との婚約を解消させる可能性だってある。だからこそ、私たちは唯一会える学園でも、陛下の目を逸らすために、会うことはほとんどない。

今の私たちは、公式の場以外で会うことは危険だ。

「だが大人しくしておくのは、もう終わりだ。陛下の言いなりになるつもりはない。だから、ラシェルは安心して行ってくるといい」

「ありがとうございます」

殿下の言葉は、私が想像していたものとは少し違った。きっと表情に出ていたのだろう。殿下は私が口にした感謝の言葉に違和感があったのか、不思議そうに私を見た。

「どうした？」

「いえ、殿下は反対しないのですね」

「すると思った？」

正直、殿下は難色を示すのではないかと思っていた。

マルセル領での誘拐騒動以上の危険がないとは言い切れない。だから、快く送り出してくれるのは嬉しいことではあるが、殿下があっさり認めたのには疑問を感じた。

「本音を言うと、心配で仕方ないよ。私も一緒に行きたいぐらいだ。でも行くのだろう？　だとしたら、私にできるのは、ラシェルが安全に行って帰ってこられるように、周囲を調整するだけだ。それに、ブスケ領に行かなければいけない理由があるのだろう？」

迷わず「はい」と答えた私に、殿下は一度目を閉じる。そしてゆっくり数秒とった後に目を開けて「そうか」とだけ呟いた。

「ラシェル、目を瞑《つぶ》って」

少しの沈黙の後、殿下は先ほどの空気を変えるように、明るく声を掛ける。

「ほら、いいから」

殿下に請われるまま目蓋《まぶた》を閉じるが、私の頭の中は疑問符だらけだった。殿下が私の後ろに回り込んだようだと感じたあと、すぐに耳に何かが触れ、自然とビクッと肩が揺れた。

「動いちゃダメだよ」

耳元で囁《ささや》く声に、先ほど触れたのは殿下の髪ではないか、と感じた。すぐ近くから聞こえる声に、思いのほか、殿下が近くにいることに気付き心拍が速まる。

そして「目を開けてもいいよ」と言う殿下の声に、ゆっくりと目蓋を開ける。すると、優しくこちらを見つめる殿下が満足そうに頷き、私の顔、そして首元へと視線を向けた。

「うん、よく似合う」

殿下の視線を辿って自分の首元を確認すると、そこには付けた覚えのないネックレス。

中央に、宝石……いや、魔石だろうか。その色は、暗い夜空の下で僅かな光に照らされた殿下の瞳の色と同じ、深い海の色だ。

ネックレスの石を確認するように触れると、嬉しさが込み上げる。

「……綺麗。殿下、ありがとうございます」

「いや。想像していた通り、よく似合っている」

殿下は組んでいた手を私へと伸ばすと、私の髪を流れに添うように撫《な》で、優しく私の頭を抱き締めるように胸に引き寄せた。

「殿下……」

私が呟いた声に「……うん」と殿下は頷き返し、さらにギュっと抱き寄せられる。

「大切なものができると、今度はそれを失うことが怖くなる。今、私が一番恐れるのは、君を失うことなんだ」

腕の力を僅かに抜いた殿下が、私の顔を覗き込んだ。微笑みを浮かべてはいるが、どこか寂しそうに眉を下げている。

「ラシェル、私はいつでも君を守ると誓うよ。だから、何かあったらすぐに知らせてほしい」

「もちろんです。必ず、必ず殿下のところに戻りますから。だから、待っていていただけますか？」

「あぁ。君を想いながら、待っているよ。その魔石は、君を守ってくれるよう私の魔力を込めたものだ。だから旅の間、できればいつでも身につけていてほしい。そうすれば、朝ネックレスをつける時、鏡を覗いた時、夜外した時、私の顔を思い出してくれるだろう？」

確かにこのネックレスがあれば、いつだって殿下を側に感じることができる。それはきっと、旅の間、私に力を与えてくれるのだろう。

「いつだって思い出します。何があったとしても、殿下のことを忘れるはずがありません。きっと、青空を見ながら。星を見上げながら。街で金髪の人を見つけたり、美味しいものを食べた時だって。殿下を思い浮かべるきっかけがあれば……いつでもあなたを想います」

もちろん、寂しさに眠れぬ夜だってあるかもしれない。それでも私が一歩ずつ前に進めるのは、殿下が側にいなくても、いつでも支えてくれているから。

私はいつだって、あなたに恋焦がれているのですから。

「レオニーだけじゃなく、ラシェルを狙う輩がいつ現れるか分からないだろう？　旅の間にまた運命の出会いなんてものが起きたら、今度こそ私は嫉妬でどうなるのか……自分でも想像できないよ」

「嫉妬などと。殿下はいつだって紳士ですから」

「それは、君にそう見られたいと思っているからだよ。本当の私の心の内を見たら、ラシェルが逃げ出してしまうかもしれないからね」

「そのようなこと、決してあり得ません！」

「じゃあ、安心して捕らえるとしようかな。本当に逃げられる前に」

殿下は冗談を言う時と同じように、目を細めて微笑んだ。

「殿下はまた冗談ばかり。私の心はもう十分、殿下に捕らわれていますから」

そう言葉にして、思わずハッとする。だが、驚いたのは殿下も同様だったよう。殿下は、目を見開くと、すぐにくしゃりと破顔した。

「……今すぐ連れて帰りたい」

殿下は赤くなった顔を隠すように手で口元を覆ったため、何やらモゴモゴと呟いた声は、私には聞こえることがなかった。

◆◇◆◇◆

「殿下、また手が止まっていますよ」

シリルの声にハッと顔を上げる。執務机の上に溜まった書類を一枚ずつ確認していたはずが、また意識が違う方へと行ってしまったようだ。

今日は思うように仕事が捗《はか》らない。まずいと思いつつも、どうもボンヤリしてしまう。

「何度も深いため息ばかりですね。いい加減落ち込むのは終わりにしたらどうですか？」

「今日ぐらいは仕方がないだろう。……今頃、ラシェルは侯爵邸を発《た》った頃かと、そう考えるだけで心配になるんだ」

「魔石で追跡しているのでしょう？　ならいいじゃないですか」

シリルの言葉に、棘《とげ》のようなものが感じられるのは気のせいではないだろう。

魔石とは、ネックレスの件だ。だが、あれは人を追跡するようなものでは断じてない。

「あれは危険が迫った時に私に知らせるものだ。追跡とは……人聞きの悪いことを言うな」

「そうなのですか？　テオドール様がおっしゃっていましたけどね。『特定の人物がどの辺りにいるかを知ることができる魔道具を作れないか』と殿下に相談された、と」

テオドールの奴、よりにもよってシリルにバラすとは。こいつに知られたら、何年もずっと、チクチク言われ続ける羽目になるのは確実だ。今度会ったら文句の一つも言わなければ。

だが、テオドールに相談したことは間違いない。本当はラシェルがどこにいるのか知る事ができる魔道具が欲しい。そう考えたことは事実だ。

「……まだまだ難しいそうだ。テオドールも面白そうだと乗り気ではあったけど、それでも時間が掛かりそうだと言われたよ。ラシェルの出発には到底間に合わなかったからな」

「やっぱり。間に合っていたら逐一、追跡する気だったのではありませんか」

「やろうとしたのと、やったのでは大違いだろう」

「……殿下、開き直りは格好悪いですよ」

シリルは私に紅茶を淹れてくれながら、ジトッとした視線をこちらへと向ける。

「ラシェル嬢に忠告しておけばよかったですかね」

「お前、私を裏切るのか？」

シリルは《やれやれ》とでもいうように、私に冷めた視線を寄越《よこ》す。

「先に言っておきますが、私よりもテオドール様の方が、ラシェル嬢に伝える可能性が高いですからね」

「あぁ、確かにそうだ。あいつが揚々《ようよう》とラシェルに話す姿が容易に想像できるな」

「でしょう？　ラシェル嬢に嫌われても知りませんからね。完全に殿下の自業自得ですから」

「……厳しいな」

確かにやり過ぎだと理解しているし、ラシェルにそれを知られたら、シリルの言うように嫌われる可能性さえあるのかもしれない。だが、念には念を入れるにこしたことはない。

ラシェルの安全が私にとっては一番なのだから。

もちろん、嫌われたくはない。……いや、想像さえしたくもない。

それでも、ラシェルの無事には代えられない。

本当は誰かに任せるのではなく、自分がラシェルを守りたい。ラシェルが頑張るすぐ側で、誰よりもその姿を近くで見ていたい。そうできる立場であれば。

だが、私はこの国の王太子として、彼女を守ると同時に、この国の民をも守らなければいけない。だから、ラシェルを信じて待つことしかできない。

「長いな」

そう小さく呟いた声はあまりにも弱く、自分の声とは思えないほどだ。目の前のシリルも小言を言いながらも、表情だけで私を心配してくれていることが分かる。

「旅の予定は一カ月ほどでしたか」

「あぁ、そうだ」

ラシェルに会った時は格好つけて、待つと伝えた。だが、今日出発したばかりのラシェルが恋しくて仕方がない。

ラシェルの猫のような瞳を眺めたい。笑顔を向けてほしい。あの柔らかくウェーブした、滑らかな髪を撫でたい。そして、今すぐに彼女を抱きしめ、この腕に閉じ込めてしまいたい。

考えただけで、もどかしくなる。

だが、彼女がそうまでして頑張る理由は私のためでもある。『殿下の隣に立ちたい』、その言葉はこれから一カ月の間、何度も私を励ましてくれることだろう。

だからこそ、私もやるべきことを片付けなければ。そう思い、一口紅茶に口をつけた後、溜まっていた書類に手を伸ばし、姿勢を正す。そんな私の姿を見て、シリルも満足そうに一つ頷くと、自分の席へと戻る。

書類を確認し最後にサインをしながら、ふと陛下へ謁見《えっけん》を申し込んでいたことを思い出す。

「シリル、謁見の件、陛下からの返答は?」

「はい。本日、15分程度であれば時間を取るとのことです」

「そうか。15分も話すことがあるのかどうかは不明だが、まぁいい」

そもそも会話が続く親子関係なんてものを築いたことはない。陛下が私に対し、気安く話しかけることなど想像もつかない。

「本当によろしいのですか?　陛下とお会いして、宣戦布告でもするのでしょう?」

「宣戦布告、ね。それは陛下次第だ。陛下はなぜあそこまで聖女に拘《こだわ》るのか。分かりかねるな」

「確かにそうですね。キャロル嬢も大人しくなっていますし、聖女としての役割は果たすと言っていましたからね。あえて王家と婚姻を結ぶ必要があるのか」

どうも陛下は、私とキャロル嬢の婚姻を裏で着々と進めている節がある。だからこそ、ここで話をしておかないと、ラシェルが旅に出ている間に無理やり話をまとめかねない。

確かに聖女は国にとって、価値がある存在だ。そして、今までの聖女は大抵、王族と婚姻を結んでおり、文献では、聖女と結婚した王家は、その後、国が豊かになると記載されている。

文献自体が三百年も前のものだから、聖女伝説は創作という可能性もある。もしくは、本当に精霊王からの加護が、王家にも影響したのか。

「光の精霊王より加護を受けし聖女。陛下にとっては、かなり有益な駒なのだろうな」

「だとしたら、説得するのは相当難しいでしょうね」

「やるしかないさ。これは、私が立ち向かわなければならない壁だからな」

――ラシェルも頑張っているのだから。私は私のすべき戦いをするとしよう。

陛下との約束の時間が来たため、私はシリルと共に陛下の執務室に向かった。

相変わらず愛想笑いの一つも浮かべず、陛下は冷めた表情をしていた。

「時間を作っていただきありがとうございます」

「あぁ。私もお前とは、そろそろ話を進めなければと思っていたからな。お前が何を考えてマルセル侯爵令嬢を婚約者としているかは知っている」

「……そうですか」

辛うじて微笑みを浮かべるが、瞳の奥が徐々に冷えていくのを感じる。きっとこの部屋の温度は段々と低下しているのではと思えるほど、私と陛下の周囲の空気は冷たいものだ。

「婚約に賛成したのは、彼女が侯爵令嬢であり、魔力が高かったからだ。だが、今は状況が違う。マルセル侯爵令嬢は魔力を失った」

「ですが、陛下はラシェルが魔力を失ってからも、婚約者に据えておくことに否とは言わなかったかと」

「お前が何やら調べているようであったからな。それに、闇の精霊と契約した令嬢というのもなかなかに面白いではないか」

「では、このまま婚約者ということで問題ありませんね」

私の言葉に、陛下はまるで話の分からない者を見るかのように、こちらを一瞥《いちべつ》した。

「聖女が誕生したのなら話は違う。聖女がいるにも関わらず、魔力なしが王妃では、王家に相応しくないな」

陛下の言葉に苛立《いらだ》ちが沸々《ふつふつ》と湧いてくる。それを無理やりに微笑みで受け流しているが、上手くいっている自信はない。

確かに以前の私も、ラシェルが魔力枯渇で病弱になった時に、王妃としての適性はないと感じたのは事実。だが、ラシェルはどんな状況でもただ前に進み、強い心を持ち続けてきた。

現状に悲観することも、誰かを恨むこともなく。今この瞬間も、彼女は前だけを向いている。

陛下はそれを知ろうとすることも、理解することもないだろうが。それでも、魔力という点以外の面を見ると、彼女は次期王妃となり得る資質を持とうとしている。

私の心を知ってか知らずか、陛下は鋭い視線をこちらへと向ける。

「最近のお前は目に余る。お前がなぜあの令嬢に拘るのか理解しかねる」

「まぁ、私と陛下は違う人間なので、理解できないのも仕方がないかと」

他の者であれば、陛下のこの視線とため息だけで硬直し、蒼褪《あおざ》めるのだろう。だが、今の私は陛下に背中を向けるわけにはいかない。

「お前は息子の中で一番王に相応しいと考えている。王とは孤高の存在。弟たちに比べて、お前は頭がいい。王として必要な無慈悲さも持ち合わせている。だからこそ、私はお前を王太子に指名した」

陛下から、他の兄妹に比べて目を掛けられていることは理解している。だからこそ、幼少期から私だけ、他の兄妹や王妃とは別に暮らし、大人に囲まれて育ったのだろう。

幼い頃から施された帝王学は今後の役に立つだろうし、基礎を作る上でも役に立った。だが、孤独であれば、優秀であれば、よき王になるというのは、いささか偏った考えだろう。

陛下は、陛下自身の意志を継ぐ後継ぎが欲しかったのだろう。自分がされた方法で子供を育て、自分のような王となるように。それがこの国にとって一番いい方法だと本気で考えている。

「王太子の座を退くのが嫌ならば、お前が婚姻を結ぶのは聖女だ。あの令嬢ではない」

「なぜそこまで聖女に拘るのですか？　私には陛下が、そこまで聖女を王家に取り込みたい理由がわかりませんね」

陛下は、腕を組み無表情のまま、切れ長の目をさらに鋭くした。

「全ては国のため。この国の始まりは聖女だ。つまり王家の始まりは初代の聖女だ。故に、その後も王家と聖女が結ばれた時には必ず、精霊王が国への祝福を与えたといわれている。それこそが、この国の安定であり、民の望みであろう」

「はっ、陛下はそんな迷信を信じていると？　実際にあなたが危惧しているのは、聖女の力を隣国に取られることでしょう？」

「迷信かどうかは、どうでもいい。大事なのは、聖女がこの国に生まれたという事実。そして聖女を我が国に確実に取り込むこと。それが必要なことだ。無論、聖女の力も含めて」

やはり考えていた通り、陛下は何より聖女を――いや、聖女の力を他国に取られることを危険視しているのだろう。

さらには、聖女信仰を利用して民からの信頼を得ることで、国内の安定を図り、聖女が表舞台に立つことは隣国への牽制ともなり得ることを期待している。

「ですが、アンナ・キャロルは聖女の力を使えません」

「使えなくとも構わない。あるにこしたことはないが、その力の存在は、我らと隣国の王家のみが知ることだ」

「であれば、キャロル嬢はマルセル嬢に恩義があるようです。彼女を裏切ることはないかと」

「あの娘の言葉を信じろと？　それこそおかしな話だな」

陛下は、馬鹿馬鹿しいとばかりに鼻で笑った。

「ルイ、お前は一体どうしたのだ。信じるなどと子供のようなことを言って。不確かなものは王には必要がない。私はお前にそう教えてきただろう」

「えぇ、私もそう思っていましたよ。以前までは」

信じるべきは己のみ。そう幼い頃から教えられてきたし、人間として何かが欠落していた自分は、その考えを間違っているとは思っていなかった。

陛下は、私の《以前まで》、という言葉に引っかかったのだろう。眉をピクリと顰《しか》めると、真意を測りかねたかのように、目を細めた。

「お前は私に似ていると感じていたのだがな」

「確かに似ているのでしょうね」

陛下はガラス玉のような瞳でジッとこちらを見た。きっと期待外れとでも言いたいのだろう。

だが、幼少期からずっと消えることのなかった、陛下への恐怖心の欠片《かけら》を、今日は一度も感じることがない。

きっと、陛下を越えるべき壁と考えてからというもの、陛下は絶対的な存在だという無意識の認識が揺らいだのだろう。それもまた、ラシェルが私にもたらした感情だ。

先ほど、陛下へと伝えた陛下と似ていると言った言葉は、私の過去のもの。――今は違う。

「ですが、一つ大きな違いがあります。陛下が持っていないものを私は持っていますから」

私の言葉に「何？」と呟いた陛下は、一瞬でこの部屋全体を支配するかのような圧倒的なオーラを放ち、私を威嚇《いかく》した。だからといって、私も陛下への視線を逸らす真似などしない。

私の様子に、陛下は威圧感を一瞬緩めると、口の端を微かに上げる。

「まぁ、今はよい。お前がどう足掻《あが》こうと、婚約解消をしない限り、そなたに王の席は用意されないと思え。いいか、聖女と婚姻を結ぶか、お前が王太子を辞するか、どちらかだ」

ここまで言えば、私が焦るとでも思ったのか。本当にこの人は、自分の息子のことを理解していないようだな。だが今は、その挑発にあえて乗ってやることにするか。

「では、その椅子を賭けましょうか？」

自分でも冷え冷えとした声が出たと思う。陛下も、目を僅かに見開いた。

「ラシェルがもし、元の魔力を取り戻し、聖女もこの国を離れない保証ができた時。その時は、陛下がその座を退くのはどうでしょう？」

陛下は動じることなく、片手で顎《あご》を摩《さす》りながら、しばし思案するような様子を見せる。

さて、陛下はどうでるか。ジッと陛下の様子を探ると、陛下は「……いいだろう」と呟いた。

「期限は1年だ。それ以上は待てない」

「では、その間は婚約もそのまま継続しますから。よろしいですね？」

「あぁ、よい。……だが、一つだけ言っておこう。私は未だかつて、勝負事で負けたことなどない」

「そうですか。ですが、私も負ける気は一切ありませんから」

想像よりも甘い返答に、一瞬緊張感が緩みそうになる。だが、すぐに顔を引き締め直す。

ラシェルは今、何かの手掛かりがあって旅に出ている。だが、1年でラシェルの魔力が戻る可能性は、正直低いかもしれない。

それでも、勝算がないままこの提案を出したわけではない。私は様々な可能性を考え、彼女を守っていく必要がある。

そのために必要な言質《げんち》は取った。あとは、行動に移すのみ。

「恋に溺れるとは、何とも愚かな。私がお前に、期待し過ぎただけなのかもしれないな」

「それは、1年後に判断してください」

私は全てを諦《あきら》めない。ラシェルにそう誓ったのだから。

さぁ、では、陛下に初めての敗北とやらを与えてやろうではないか。

2章　神秘の森

「さぁ、ラシェル嬢。もうすぐミリシエ領ですよ」

レオニー様の声に、馬車の窓から外へ視線を向けた。そこには、放牧された馬や牛といった動物たちが、草を食べていたり、広い平地を駆け回る姿が見える。

「まぁ！　サラ、見て！　あんなにも動物たちが！」

「えぇ、お嬢様。王都とも、マルセル領とも違いますね」

私たちが興奮したように声を上げると、膝の上で丸まって寝ていたクロが驚いたように飛び起きる。クロは慌《あわ》てたようにキョロキョロと辺りを見渡した後、ぐーっと体を伸ばし、また元の体勢に戻って、再び目を閉じ眠り始めた。

そんなクロとは反対に、私は初めて見る光景に目を奪われていた。まず目に飛び込んできたのは動物たちの可愛らしさであったが、よく周囲を見渡すと、この地の美しさが目に入った。

広々とした高原の奥には山々がそびえ立ち、そのどれもが雪を被《かぶ》っている。その姿は勇ましく、幻想的な美しさを感じさせる。

自然に抱き込まれたような空気感、そして圧巻の大自然を前に、思わず息を呑む。

どれぐらい見入っていたのか、レオニー様のクスリと漏らした笑みに思わずハッとする。

レオニー様は腕を組みながら、こちらを微笑んで見つめていた。

その様子に、先ほどまでの自分を思い出して、羞恥心が沸き上がる。身を乗り出していた体をゆっくりと元に戻し、椅子に深く座り直した。

「僕のことは気にしなくてもいいのに。ラシェル嬢もサラもとても可愛らしかったですからね」

「お恥ずかしい姿をお見せしまして」

「いや、もっと見ていたいぐらいですよ」

レオニー様は相も変わらず、美しい笑みを浮かべる。私の隣に座るサラはポーっと熱に浮かされたようにレオニー様を見つめていた。

——王都を出てから5日。ようやくミリシエ領に入ることができた。

道中、問題なくここまで来られたのも、全ては私の準備を一歩先回りして、レオニー様が休憩地や宿などへ連絡をしてくれているからに他ならない。

申し訳なく思う私に対し、「いつも領地に帰る時と同じ道で、慣れていますから」と爽やかな笑顔で答えてくれた。そんなレオニー様の騎士としての凛々《りり》しさに、サラはあっという間にファンになってしまったようだ。

「ラシェル嬢、今日からはしばらく我が伯爵家の領主館を拠点とします。ブスケ領に入るのは、今から1週間後。期間は3日ほどの予定ですが、それでよろしいですか？」

「はい。これからしばらくお世話になります」

「ははっ、そんなにかしこまらなくても大丈夫。自分の家だと思って、ゆっくりと過ごしてくださいね」

「ありがとうございます」

私の言葉に、レオニー様は優しく目を細めて頷いた。

「そういえば、領主館に殿下から贈り物が届いているはずですよ」

「え？　殿下からですか？」

「はい。先ほどの休憩地から伯爵家の兵士が案内役として合流したのですが、その兵士が言付《ことづ》けを預かってきたようです。それによると、あなたの到着に合わせて届けられたようですね」

「まぁ……」

レオニー様の言葉に、つい殿下の顔が思い浮かび、自然と頬が緩む。旅の間ずっと身に着け続けることで、肌になじんだネックレスにそっと触れる。

不思議と、心細い時、殿下を思い出した時、そのネックレスの石に触れると、心が満たされて温かい気持ちになれたのだ。今も、触れているだけで殿下を近くに感じることができる。

もしかしたら、殿下への恋しさから、そう思い込んでいるだけなのかもしれない。それでも、この石に触れる時の安心感はきっと、殿下の魔力が込められているから。いつでも殿下が見守っていてくれる気がして、離れているのに近くに感じることができる。

「……本当によかった」

レオニー様の声で、ふと意識が浮上する。「え？」とレオニー様に聞き返すと、彼女はにっこりと笑う。

「いや、殿下のことです。あなたみたいな素敵な方と想いを通じ合わせることができて。きっとこの国もさらによくなるだろうと、安心できます」

「いえ、私はまだまだ……」

「本心ですよ。殿下だけでなく、テオドールのことも感謝していますからね。だから、ずっとラシェル嬢にはお会いしたかったのですが、嫉妬深いお方が会わせてくれなかったのですよ」

レオニー様はいたずらっ子のように、人差し指を口元に当てながらウィンクした。そんな姿さえ様《さま》になってしまい、思わず「ふふっ」と笑みを漏らしてしまう。

それにしても、テオドール様？　私の方こそ感謝しなければいけないことが沢山ある。

だが、逆は覚えがない。レオニー様に何のことか聞いてみようと口を開こうとすると、その前にレオニー様の雰囲気がピリッとした騎士のものへと変化し、思わず口を閉じて姿勢を正す。

レオニー様は先ほどと打って変わった真剣な表情の切れ長の目でこちらを真っ直ぐに見つめた。

「何がこの先に待っているのかは、僕にはわかりません。それでも、しっかりとお守りしますから。危険な目には合わせません。僕も、そしてロジェも」

「ありがとうございます。レオニー様、よろしくお願いします」

視線を逸らさずに、真っ直ぐ受け止めて返答すると、レオニー様はまた嬉しそうに微笑んだ。

私だって、以前のような失敗をしてはいけないのだ。私を守ってくれる騎士、ついてきてくれたサラ、そして旅を一緒にする者たち。全ては私の希望によりここにいるのだ。

だからこそ、彼らが任務を全うして無事王都へ帰れるように、責任を持たなければならない。

決意を新たにしていると、馬車が徐々にゆっくりとなったことに気付く。

窓から外を眺めると、どうやら伯爵家の領主館に着いたようだ。馬車は一度止まった後、門を通り抜ける。そして、ゆっくりゆっくりと建物の前へと進んでいく。

さすがミリシエ伯爵家だけあって、一目見ただけで、この領主館も歴史深く立派な造りであることが分かる。

「さぁ、着いたようですね。ラシェル嬢、ようこそミリシエ領へ。ミリシエ家一同、あなたを歓迎します」

馬車が止まると、先に馬車を降りたレオニー様は、こちらへと手を差し出しながら、今日の天気のようにカラッと晴れた眩しい笑顔を見せた。

ミリシエ領主館に着くと、まずこの館を管理しているミリシエ伯爵家の次男夫妻を紹介していただいた。穏やかそうな2人に、ここまでの道中を労《ねぎら》っていただき、今日は疲れているだろうからと、明日の晩に改めて歓迎の夕食会に参加することを提案された。

「ここは普段、兄夫婦が管理しています。なので、何か分からないことや頼みたい用事などは、僕を通していただいてもいいですし、兄たちに言付けていただいても構いません」

「何から何まで本当にありがとうございます。お世話になります」

「いえいえ。では、こちらが応接間でございます。ここは自由にお使いください」

私としても、今日ゆっくりと休めることは有難く、その心遣いにとても感謝した。

次に館内を簡単にレオニー様から案内され、最後に着いたのは豪華な客室であった。窓から庭園を一望できるこの部屋は、客室の中で一番いい部屋を準備してくれたのだろう。

「このように素晴らしい部屋を用意していただきまして、ありがとうございます」

「ラシェル嬢のお心が休まれるようであれば嬉しく思います」

胸に手を置きながら涼し気な微笑みで頭を下げるレオニー様は、本当に貴公子のようで、薔薇の花が満開に咲き誇ったかのような気品と色気を感じさせる。

レオニー様は、「では、また後ほど」と綺麗な笑みを浮かべて踵《きびす》を返したが、何かを思い出したかのように、またこちらを振り返る。

「ラシェル嬢が我が家にいることで舞い上がってしまったせいで、大事なことをすっかり忘れていました」

「どうかされました？」

不思議に思い首を傾げて尋ねた私に、レオニー様は部屋のクローゼットへと向かうと、扉を開けて見せてくれる。

そこには、既に数着のドレスやワンピースが綺麗に掛けられていた。

「あら、このドレスは？　私が持ってきたものは、まだ荷解きが済んでいないはずですが」

「これが殿下からの届け物の一部ですよ。ちなみにそちらの棚にも、他の贈り物と手紙が届けられていますす」

殿下からの贈り物と聞き、クローゼット内の服をひとつひとつ確認するように手に取る。街歩き用の物は、簡素に見えて生地がしっかりとしている。首元までしっかりとリボンやボタンで留められるようになっているが、動きやすさもありそうだ。

ドレスも、以前デビュタントで贈っていただいた物と同様に、レースで首元や手首まで覆われている。

贈って頂いた品々をよく見ると、その全てにどこか一貫性がある。シンプルだけど、細かいレースや刺繍といった部分が丁寧に施されていて、華やかさがある。

普段はあまり選ばないような色も含まれているが、不思議と肌や髪色ともしっくりきて、自分で選んだもの以上に私らしい服装のようにも思える。

そしてもう一つ。これはあくまで推測だが、もしかしたら殿下は、あまり肌が見えない装いが好みなのかもしれない。というのも、ここに並ぶドレス類は全て、肌があまり出ないものであるからだ。

だとしたら、時間が遡る前。私はよく、周囲から勧められるままに肩や腕、そして胸元が開いたドレスを好んで着ていた。以前の殿下はそんな私に、社交辞令のように微笑みながら褒めてくれてはいたが、きっと殿下の好みとは違ったはずだ。

何と独りよがりだったのだろうと、今思い出しても過去の自分を恥ずかしく感じてしまう。

私の側で、同じようにクローゼット内を眺めていたレオニー様の視線を感じて振り向くと、レオニー様にしては珍しく、その表情が僅かに引きつっているように見える。

「……マーキングですかね。ネックレスだけでは飽き足らず、離れている間も自分が贈ったものを身に着けさせたいとは」

「え？　マーキング？」

「いえ、何でも。ラシェル嬢は殿下にとても愛されているのだと実感しまして」

「そんな……」

「ははっ、赤くなったラシェル嬢もまた可愛らしい。でも、そんな顔を僕に見せたと知られたら、殿下はどんな顔をするのか。それはそれで、とても楽しそうですね」

傍から見て、殿下は私を想ってくれているように見える。それは、どこか気恥ずかしさもあるが、嬉しさも強い。自然と赤らむ頬を両手で包むように隠すと、レオニー様は楽しそうに目を細めた。

レオニー様は「もう少し眺めますか？」と尋ね、私が頷くと「では、クローゼットはそのままにしておきますね」と、一度閉めかけた扉をもう一度開けた。

お礼の言葉を伝える私に、にっこりと微笑みで返してくれたレオニー様は、そのまま入り口の扉まで歩くと、こちらを振り返り一礼する。

「では、また夕食の時に声を掛けますね」

「ええ、ありがとうございます」

レオニー様が部屋を去った後、もう一度ゆっくりと、殿下からの贈り物に目を通す。ネックレスだけではなく、こんなにも沢山の贈り物をしてくださっていたとは。

私も何か殿下に贈り物をしておけばよかったのかもしれない。そうすれば、今の私のように、殿下にも私を思い出してもらうことができたかもしれないのに。

殿下の贈り物の中には他に、目くらましの魔石や、一時的な電撃を与える魔石など、取り扱いに注意が必要となる貴重なものも含まれていた。

これらは、きっと今回の旅で危険な事態にすぐに対処できるように、ということであろう。使わないにこしたことはないが、それでも準備があるだけで心強い気もする。

そして何よりも殿下からの手紙には、私の無事を案じて、この旅の成功を祈る旨が綴《つづ》られている。

さらに、《私の心は常にラシェルと共にある。だから、気負い過ぎないでいいよ。折角の機会なのだから、沢山のものを見て、食べて、経験しておいで。その上で、ラシェルの言葉でその経験を私に教えてほしい》とある。

殿下のこの手紙を読むまで、確かに私は肩に力が入っていたのだろう。魔力を取り戻すきっかけを何か一つでもいい、見つけ出さなければいけない、と気を張っていた。

殿下は、そんな私の心情などお見通しだったのだろう。折角、両親や殿下が送り出してくれたのだから、沢山の経験をして、王都ではできない体験をしよう。そう改めて深く誓う。

ここにきて、もう一度前を向くきっかけになった殿下に、心の中で感謝を告げる。そして最後に、殿下の手で書かれた文字を、大切に指でなぞる。

《ラシェル、君の帰りを待っているよ。誰よりも君に恋焦がれる男より》

一字一字に宝物のように触れて、想う。殿下はどんな表情で書いてくれたのだろう。どんな気持ちで書き綴ったのだろう。殿下を思い浮かべるだけで、愛おしさが溢れ出そうだ。

殿下からの手紙を優しく胸に抱いて窓際まで歩いて、ここからは見えるはずのない王宮を思い浮かべると、胸がギュッと締め付けられるような思いがする。

そして、彼にはこの声は届かないと分かっていながら、口を開く。

「殿下、私もあなたをお慕《した》いしております」

そう小さく呟いた声は、誰にも聞かれることなく消えていった。

◆◇◆◇◆

それからの日々は、穏やかに過ぎていった。

レオニー様に様々な場所を案内していただき、街歩きをしたり、この地の聖教会を訪れたりした。他にも、牛や羊などの動物にエサをあげたりと、王都では体験できないことを多々することができ、とても充実した日々を過ごしている。

そして今日、ついにブスケ領に出発する日を迎えた。

「ラシェル様、馬車の準備ができました。どうぞこちらに」

「ロジェ、ありがとう」

クロを腕に抱き、館の広間で待っていると、準備が終わったことをロジェから伝えられた。

館を出て馬車の前へと進むと、レオニー様が待っていた。簡単に挨拶を交わした後に、クロを片手で抱き、もう片方の手でレオニー様の手を借りながら馬車へと乗り込む。

私が乗り込んだのを確認すると、次にサラが同乗し、そのまま馬車の扉は閉められた。

レオニー様とロジェがそれぞれ馬に乗り、馬車の前後でスタンバイすると、馬車はゆっくりと動き始めた。

「お嬢様、昨夜は休めましたか？　今日は半日ほどの移動になるそうですから、体調が優れなければ仰ってくださいね」

「えぇ、大丈夫よ」

サラは私の返事に、安心したように優しく笑みを返してくれた。

サラには大丈夫と伝えたが、実際には、昨夜は遅くまで寝付くことができなかった。なぜなら、夜が明けたらあの森を通る日だと思うと、目が冴《さ》えてしまったから。

私だけでなく、今、目の前で穏やかに微笑むサラも、前回の生において殺された森。そこへ行くと決めたのは私。

それでも、刻一刻とその時が近づくにつれて、言いようのない不安が襲ってくる。

時を遡ってから、随分と月日が経ったのに、それでも忘れることができない。あの森の暗闇、ざわめき、血の臭い。突き刺された胸の痛み。全てが今でも鮮明で、思い出すだけで胸の鼓動が早まり血の気が引き、目が霞《かす》む。全身が固くなり、震えが止まらなくなる。

この日を迎えるまでに何度、あの森に行くのはまだ無理だ、止めよう、と思ったことか。

それでも、進まなければ。そうしなければ、何も始まらない。

目を閉じて深く深呼吸をし、身に着けたネックレスに服の上から触れる。

私には、力をくれる殿下がいる。私を信じて待っていてくれる両親と友人たちがいる。そして、一緒についてきてくれたサラだっている。

私は一人ではない。だからこそ、《大丈夫》なのだ。

ワンピースの下で朝からずっと続いていた足の震えは、今はもう止まっている。窓から外を眺めると、どうやらミリシエ領とブスケ領を繋ぐ森の入り口まで来たようだ。

「馬車が止まりましたね。あぁ、どうやら通行許可証を確認しているようですね」

サラはもちろん知らない。前回、ここで私に何があったのかなんて。

「えぇ。ここは通常は……兵士が常駐しているそうね」

「通常？　レオニー様から兵士は24時間体制で常駐していると聞いたのですが、いない時もあるのですか？」

「いえ、そうね。常にいるわよね。ごめんなさい、変なことを言って」

馬車が一度止まると、サラが不思議そうに窓から外を覗き見た。そこでは、レオニー様が警備の兵士に何やら紙を見せているようだ。

ブスケ領に入る手前の森では、通行許可証もしくは身元の確認が行われる。この地では当たり前のことでも、以前の私たちは何も準備もなく来たため、その事実を知らなかった。

御者は聞いていた可能性もあるが、何せあの時は、休憩もろくに取らずにここまで到着したのだ。夜だったこともあり、灯りは馬車に付けられた魔石のライトのみだった。視界もよくなかったのだろう。今のように兵士の詰所も確認できなかったのかもしれない。

数分止まっていただろうか。再び馬車が動き始めた頃、私の膝でクッキーを食べていたクロがソワソワし始めた。

「クロ、どうしたの？」

問いかけても、聞こえないかのように、クロはキョロキョロと辺りを見回している。耳をピンと立てて、僅かな物音でも聞き取ろうとしているのだろうか。

「美しい森ですね。ここは馬車が通れるように整備されていますが、きっとこの奥はもっと美しい姿をしていそうですね」

いつもと違うクロの様子が気になり、そちらに気を取られていたために、サラから声を掛けられるまで、既に馬車が森の中を進んでいることさえ気が付かなかった。

言われてみると、この森は不思議だ。

ブスケ領は雪深く寒い土地で、これからの時期は雪も降るかもしれない。ミリシエ領でも、木々は既に色づき、鮮やかな色合いをしていた。

それなのに、この森はどうだ。この道の周囲は紅葉した木が並んでいるが、そのさらに深い深い森の奥の一部分は、馬車から確認できる限りではあるが、青々としているように見える。

先ほどまで怖くて恐ろしくて仕方がなかったのに、今はその気持ちが一切ない。ただ静かに、この森の美しさに魅入っているだけだ。

まるでこの地だけ、時が止まっているかのように静寂に包まれている。

『ニャー！　ニャー！』

「クロ？　一体どうしたの？」

『ニャー！』

「外に出たい？　駄目よ、今は馬車が動いているもの」

クロが未だかつてないほどの声で鳴き始め、馬車の扉を前足でカリカリと引っ掻いている。

止める私に、クロは納得がいかないようで、私の左足の周囲をグルグルと回り始める。

こんなに落ち着かない様子のクロは初めてだ。馬車の狭い空間を、ソワソワと動き回るクロの異常な様子に、私も焦りを覚える。

サラはそんな私を見て、心配そうに私の顔を覗き込んだ。

「お嬢様、精霊様がどうかしたのですか？」

サラ、精霊は見えないが、私の言動により何があったのかと心配しているようだ。

「えぇ、何だか落ち着かないようなの。今までこんなことはなかったから」

「そうなのですね。少し馬車を止めてもらいましょうか？」

「……そうね。お願いしてもいいかしら」

サラが馬車の窓から御者に言付けると、馬車はその場にゆっくりと停止する。

「ラシェル嬢、どうかされましたか？　一度降りますか？」

「えぇ。ごめんなさい」

「いえ。では、扉を開けますね」

馬車の扉をノックする音が聞こえた後、聞こえてきたのはレオニー様の声であった。

急に止まるように伝えて不審に思っただろうに、いつも同様に穏やかで気遣いのある声が返ってくる。

そして、開けられた扉から、未だキョロキョロと周囲を見渡すクロを抱きかかえながら、馬車から降りるために、足を地面へと下ろす。

不思議と恐怖は感じなかった。それどころか、森の涼やかな空気が頬をかすめ、とても心地よいとさえ感じる。

――不思議ね。あれほどまでに夢に見て、恐れ、震えていたというのに。今は、もう怖くない。それどころか、ほっとする。

「少し疲れてしまいましたか?」

「……レオニー様。いえ、あの、急に止めてしまい申し訳ありません」

「大丈夫ですよ。ここまで順調に来ていますからね。ブスケ領の宿に行くにも日没には十分間に合いますから」

「ありがとうございます」

常にサワサワと吹き抜けていく風に、木々から沢山の落ち葉が舞い踊るよう。

美しい光景に目を奪われていると、レオニー様が一歩、私の側に寄った。

「この森は不思議でしょう?」

「えぇ。あの……森の奥にある木々だけ色が青く見えるのですが……」

「あそこは一年を通して色が変わらないのですよ。そして不思議なのは、奥の方へと森を進むと、森の奥深くへは辿り着かずに、グルグルと回った後に、また元のこの道に戻ってしまうのです」

「まぁ、そうなのですね。それはとても不思議……」

「とはいっても、それもここ数十年前からのようですが」

なるほど。この地もまた、特別な森なのかもしれない。この国の森は、様々な言い伝えや不思議に満ちた話が多い。それは、精霊が森に住むために各地で起きる現象の一つでもある。

やはりこの地にも、また精霊の力が何かしら働いているのかもしれない。——となると……。

深い思考に沈み込もうとした私に、腕の中で大人しく抱かれていたクロが『ニャ』と小さく鳴き、ピョンっと私の腕の中から地面へと飛び降りた。

「クロ？」

クロはジッと森の奥深くを見つめた。耳や尻尾もピンと伸びており、私の声は届いていないようだ。そんなクロの様子をどうしたのだろうか、と眺めていると、クロはダッと勢いよく駆け出した。

——え？　クロ⁉

「待って！　クロ！　クロ！」

駆け出したクロにつられるように、私も駆け出そうと身を前へと進める。

だが、一歩踏み込もうとした瞬間、隣にいたレオニー様が私の腕を掴《つか》んだ。

「どこに行くというのです！　あなたひとりで、迷ってしまったらどうするのですか！」

「あっ……。申し訳ありません」

レオニー様の険しい顔を見て、冷静さに欠けていたことを悟る。

――そうだ。私の勝手な行動で、前回ロジェに迷惑を掛けたというのに。また同じ失敗をするところだった。

もし私がクロを追って駆け出して、彼らが私を見失う事態になっていたら……。皆の責任を自分は負っていると理解していたはずなのに。

「ラシェル嬢のお気持ちは分かっています。精霊を追いたかったのでしょう？　大きな声を出してしまって申し訳ありません」

「いえ、私が間違っていました。レオニー様、止めていただきありがとうございます」

「大丈夫ですよ。精霊は気まぐれで自由ですからね。今は一時的にあなたから離れたとしても、契約者の元に戻ってきますから」

「そう……ですね」

レオニー様は眉を下げて申し訳なさそうに頭を下げてくれたが、謝らなければいけないのは私だ。そう、クロはいつだって私の側にいるから忘れていた。

精霊は、常に自分の側にいるわけではないということを。

精霊たちはいつだって自由。それでも契約という繋がりにより、互いを感じることができる。

きっとクロはこの森で、気になる何かを見つけたのだろう。だから、その気になるものを見つけたらまた戻ってくる。そう信じなければ。

心の中で何度も大丈夫だと言い聞かせるが、視線はクロが消えた森の奥から離れてくれない。

――クロ、あなたは何が気になったの？　何をしに行ってしまったの？

そう心の中で問いかけても、クロからの返答は何もなかった。

◆◇◆◇◆

「やはり黒猫ちゃんが気になりますか？」

ブスケ領に着いた翌日、レオニー様から街歩きに誘われた。

ロジェも伴い街へと出かけると、未だ沈んだ表情をしていたのか、レオニー様は眉を下げて心配そうに私の顔を覗き込む。

確かにクロのことは心配だ。学園に行っている間は家で留守番をしていたにしろ、こんなにも離れたことはない。周囲に心配をかけないようにと、気にしていない素振りをしていたが、レオニー様には気付かれていたようだ。

それにしても……黒猫ちゃん、か。やはり従姉妹だからか、クロの呼び方もテオドール様と似ている。レオニー様の涼やかな顔立ちを見ながらふとそんな風に考える。

するると、昨日はクロがいなくなってしまって動揺していたために気が付かなかったが、レオニー様の言葉に疑問が浮かぶ。

「レオニー様は、精霊が……」

「えぇ、見えますよ。火の中位精霊とも契約しています」

「中位精霊とは、とても強い魔力をお持ちなのですね」

ここ数日のレオニー様の発言、視線から、きっと精霊が見えるのだろうとは思っていたが、まさか中位精霊と契約するほどの魔力の持ち主とは知らなかった。あまりに驚いた顔をしていたのか、レオニー様は楽しそうにクックッと笑いながら肩を揺らせた。

「なぜ魔術師団でなく騎士団なのか、とお思いでしょう？」

「それは、その……少し」

「魔術師団からの誘いもありましたがね。僕は幼い時から、強い騎士になりたかったのですよ。自分の命を懸けても守るべき主君を持つ、そんな騎士に」

レオニー様の決意を込めた力強い目線は、意志の強さを感じる。

「まぁ、僕の家は皆騎士ですからね。両親が後押ししてくれて、今の道があると思っています」

「そうなのですね。素敵なご家族ですね」

「あとは、そうだな。母がカミュ侯爵家の出ですからね。テオドールを含めて魔術師の変人ぶりは嫌というほど見てきたので、魔術師はないな、と思ったのも事実ですけど」

レオニー様の軽やかな物言いに、思わずクスリと笑みが漏れる。

レオニー様は話がとても上手く、人を惹きつけて楽しませることに長けている。昨日から沈んでいた自分の心も、いつの間にか少しずつ前向きに変わってきたように思う。

そうなると、今度は徐々に周りを気にする余裕が出てくる。

「ところで、ブスケ領はこんなにも賑やかな地なのですね」

住むには厳しい地だと聞いていたが、私が今通ってきたこの街中は、とても色鮮やかな花が沢山飾られており、華やかな雰囲気がある。

多くの人たちで賑わう街中は、明るい笑顔で溢れており、子供たちの笑い声や屋台の呼び込みの声など、楽しげな声が沢山聞こえてくる。

周囲を興味深く眺めていると、小さな男の子と女の子がやってきて「お姉ちゃん。はい、どうぞ」と可愛らしいピンクの花を差し出してくれた。

子供たちと視線を合わせるようにしゃがみながら「ありがとう」と受け取ると、子供たちは「お兄ちゃんたちもどうぞ」と、ロジェとレオニー様にもそれぞれ花を渡していた。

ロジェはいつものキリッとした顔つきを和らげると、子供たちに「ありがとな」と感謝の言葉を告げながら頭を撫でている。

子供たちは満足そうにニッコリと笑い、私たちに手を振る。その姿がとても微笑ましく、つい頬が緩み、私もまた手を振り返す。

「ラシェル嬢、今のは花配りの子たちですよ」

花配り？　初めて聞く言葉に首を傾げて、もう一度貰った花を見る。

「ブスケ領では、花を子供たちが配る風習でもあるのですか？」

「今日から3日間は、このブスケ領の年に一度の大きな祭りなのですよ。雪深くなるこの地が、穏やかに冬を越せるようにと精霊に願うお祭りです」

「お祭り、ですか。知りませんでした。……あっ、もしかして、だから昨日から3日という日程だったのですか？」

「ははっ、バレてしまいましたか」

「ロジェは知っていたの？」

「はい、警護の関係上。ただ、想像以上に賑やかで驚いていますが」

お祭りとなると、人が通常よりも多くなる分、警護はより厳しく注意しなければいけないだろう。もしかしたらレオニー様は、昨日のうちに話してくれようとしたのかもしれない。

だが私がクロのことで気もそぞろであったため、あえて今日ここに連れてきてくれることで、明るい気持ちにさせてくれたのかもしれない。

「このお花には何か意味があるのですか？」

「毎年地元の子供たちが、祭りに来た人たちに花を配り、それを湖に浮かべるのですよ。意味としては、無事皆で春を迎えられますように、という願いを精霊に届けるためだそうです」

「まぁ、素敵ですね」

子供に貰った花を顔に近づけると、朝摘んだばかりなのか、とても瑞々《みずみず》しくほのかに香る花の香りが優しい気持ちにさせてくれる。

この地に来るまで、私は知らなかった。この地の人たちがどのような生活をしているのか。シャントルイユ修道院がある場所。雪山に囲まれた寒さの厳しい地、という表面しか見えていなかった。

だが、ここの民たちがいかにこのブスケ領を愛し、大切にしているかということを知ることができた。

心の底から、この地に来ることができてよかったと思う。

その後、地元の人たちと一緒に橋の上から花を投げ入れたり、屋台で食べ歩きをしたり。初めての経験に心が浮き立ち、何度も声を上げて笑ったように思う。

だからこそ、陽が傾き始めたことにも気が付かずに歩き続けた。

「そろそろ、宿に戻りましょうか」

そんなレオニー様の言葉に、寂しさを感じながら頷く。

道中では考えられないほど、楽しんでいる自分がいることに驚く。

「馬車はこの先です。まだ歩けますか？」

「えぇ、大丈夫よ」

ロジェが先頭に立って道案内をしてくれ、その後ろに私、そしてレオニー様が並んで歩く。

しばらく行くと、私の歩幅に合わせて進んでいたロジェの足がピタリと急に止まる。

どうしたのだろうかと、隣にいるレオニー様へと視線を向けると、レオニー様もまた足を止めて、薄暗くて視界の悪い路地の一か所を険しい顔で見つめている。

「誰だ！」

ロジェの大きな声に、思わずビクッと肩が跳ねる。声を上げたロジェは、剣をいつでも抜けるように、左手を腰に添えている。

素早くレオニー様が私のすぐ前へ立つ。私の視界いっぱいにレオニー様の背中が広がった。

ピリッとした緊張感高まる空気に、私の顔も強張る。

私が勝手な動きをすれば護衛の2人が一番困るだろうことは分かりきっているため、2人の指示ですぐに動けるように耳を澄ませ、周囲の音や気配に神経を研ぎ澄ませる。

その時、路地からジャリ、と砂利を踏むような音がし、ロジェとレオニー様から、さらにピリッと張り詰めた空気が放たれる。

徐々にドクンドクンと心拍が早まり、緊張からか手が冷えてくるのを感じる。

――誰かいる？　何？　何が起きているの？

目の前にロジェ、そしてレオニー様がいるため、姿は見えない。それでも、路地からゆっくりとこちらに近づいてくる足音に、私の心臓はさらに早まっていく。

だが、そんな空気にそぐわない、鈴を転がすような声が前方から聞こえ、ハッと顔を上げる。

「お久しぶりね。あなたに会いにきたのよ、ラシェル・マルセル」

レオニー様の背中の横から、その声の主の方へと視線を向ける。そこには、この場にいるはずのない人物――シャントルイユ修道院にいるはずのカトリーナ・ヒギンズが目の前にいた。

彼女はその手に、柔らかく穏やかな微笑みに似合わない、陽に反射してキラリと怪しげに光る短剣を握りしめていた。

◆◇◆◇◆

「殿下、少し丁寧さに欠ける剣筋ですな」

「……ミリシエ伯爵」

執務の合間に訓練場で剣の鍛錬《たんれん》を行っていると、背後に人の気配がして振り返る。

そこには、レオニーの父親でありこの国の騎士団のトップである騎士団長のミリシエ伯爵が、腕を組んでこちらをジッと見ていた。

いつからいたのやら。きっと騎士団長のことだ。少し前から私の様子を見ていたのだろう。

私がある程度剣を振るい、タオルで汗を拭ったタイミングで近づいたのだろうな。

「どうやら、殿下は剣で憂《うれ》いを払いたいようですが、剣というのは素直なもの。己《おのれ》の心、全てが出てしまうのですよ」

「懐かしいな。幼少の頃、伯爵からよく注意されていたのを思い出すよ」

ミリシエ伯爵はゆっくりと私の側に近寄ると、壁に掛けてある木刀を手に取り、一振りしてみせる。その剣筋は、誰が見ても真っすぐで迷いがなく、強者のものだと感じる。

さすが、この国一番の腕前だけある。

「おや？　私は今でも剣に関しては、殿下の師であるつもりですよ」

「確かにそうだ。それで、指導に来てくれたのか？」

ミリシエ伯爵は、私が幼い頃から剣の師として、教えを乞うた人物である。立場など関係なく鬼のように扱《しご》かれた過去を思い出すと、つい苦笑いしてしまうのも仕方がないだろう。

普段から距離感も近く、身分で区別しない大らかな人柄で、領民にも慕われている。だが、一度でもミリシエ伯爵の指導を受けた者は、容赦のない鬼の鍛錬に恐怖を覚えるだろう。

その地獄の指導は、中堅であろうと新人だろうと関係ない。

本人でさえ、剣を握ると血が煮えたぎるとよく言っているほどであり、騎士団に入った新人は先輩からまず『騎士団長の表の顔に騙《だま》されるな』と教えられると聞く。

ただ、どんな相手とも拳で分かり合うと言わんばかりの脳筋ぶりは、武に長けたミリシエ家には珍しくない。それ故、長い間王家からの信頼が厚いのだろう。

そんな伯爵が、今、目の奥に好奇心を滲《にじ》ませながらこちらを見ている。

「殿下にしては珍しく感情を露わにして剣を振っていたので、からかいに来たまでですよ」

「……はぁ。だったらもう十分だろう」

あからさまに深いため息を吐くも、伯爵は気にする素振りもない。

剣の片づけをしている私を視界に捉えているはずなのに、伯爵は訓練室のベンチにどっかりと腰を降ろして、長居する気満々の姿勢を見せる。

「それで、何がそうも殿下の心を乱すのですか？　殿下は昔から、どうも感情とは無縁の教え子だったので、私としてはとても興味がありますね」

「何もない」

「何もなければ、殿下はそのような無鉄砲な意味のない鍛錬はしないでしょうな。私の見立てでは、そうですな。……何かを紛らわせようとしている、といったところですか」

脳筋とは時に厄介《やっかい》なものだ。なぜなら、人が隠したくて見せたくないものを、勘とやらで当てにくるからだ。

無意識に僅かに寄った眉間の皺に、伯爵は「ははは、当たりですか」と豪快に笑った。

「殿下の心配とはあれでしょう。我が家の三男坊を護衛に付けた婚約者のことですかな」

「伯爵、ラシェルの護衛に付けたのは貴方の次女だ」

私の言葉に伯爵は、《はて？　次女？》と言わんばかりにポカンとした顔をする。だが、すぐにハッとした表情になる。

「あぁ、そうでした。そうそう、娘。いやー、あれに関しては、娘だとうっかり忘れてしまうのですよ。本人も女だとか意識されるとやりにくいと言うもので。指導する時も息子と考えて厳しく扱っていると、つい」

……つい、うっかりでいいのか？

伯爵は自分の間違いに「いやー、間違えた間違えた」とケラケラ笑って頭を掻いているが、聞いている身としては、本気で引いてしまうのも仕方がないだろう。

そのうっかりで、レオニーは貴族子女には珍しく、婚約者さえ探す様子もないが……きっとそれでいいのだろう。あまり真剣に考えてはいけない話だ。

「それでも、レオニーは腕が立ちますよ。それはご安心ください」

「あぁ、そこは心配していない」

「となると、やはり婚約者が側にいなくて寂しい、という話ですかな？」

あまりにも直球な物言いに、言葉を濁すより先に「うっ……」と詰まらせてしまう。そんな私の様子に、伯爵はまた声を上げて楽しそうに笑う。

「殿下も年頃だったようで、安心しました。分かります。分かりますよ、殿下のお心。私も職務で妻と離れる時は、毎回それはもう身が裂けるような思いで。そうそう、この間も……」

伯爵の夫婦仲がいいことは分かった。ただ、何度も「あぁ。それでは」と話を終わらせようと口を挟んだが、それでも延々と続く伯爵夫妻の仲良しエピソードに、意識が他の方へと行きそうになり、うんざりする気持ちを隠しきれない。

誰が好き好んで、50過ぎの夫婦仲を聞きたいと思うだろうか。伯爵はまだまだ語り足りないようで、いかに伯爵夫人が可愛らしい人物であるかを語っている。

これはもしかすると、鬼の鍛錬よりも厳しいのではないだろうか、と悟り始めた、その時。

「殿下！」

「シリル、いいところに！　急ぎの案件か？　いや、絶対急ぎだな」

鍛錬場にやってきたシリルの声にハッと後ろを向く。常日頃から有能であるとは思っていたが、こんなにもいいタイミングで来てくれるとは。

今だけはシリルの周りに聖なる光を感じ、まるで天からの助けのように見える。

だが、そう思ったのもつかの間。

シリルの異様に焦った顔色に、何かまずいことが起きたと理解する。先ほどまでデレデレと顔を緩めていた伯爵も、険しい顔つきになってサッと立ち上がり、私の後ろに立つ。

「ミリシエ伯爵、お久しぶりです」

「挨拶はいい。それで、何が起きた」

シリルは、私の後ろにいた騎士団長に若干ギョッとしたように目を見開いたが、伯爵から用件を言うように伝えられ、直ぐに私へと視線を向ける。

「実は、シャントルイユ修道院で新人シスターが襲われたようで……」

「シャントルイユ修道院？　それで、どうした」

シャントルイユ修道院で事件……。あそこは、問題を起こした貴族令嬢が入る厳しい修道院ではあるが、事件が起きることはまずない。

自然と顎に手を当てて考え込みながら、シリルに続きを促す。すると、シリルはひとつ呼吸を置いた後に口を開く。

「カトリーナ・ヒギンズが脱走したようです」

「何だと！」

シリルの言葉に、思わず口から大きな声が出る。最近の報告でも大人しくしていると報告されていたカトリーナ・ヒギンズが、今このタイミングで行動を起こすとは。

直後に頭に思い浮かぶのはラシェルのこと。ラシェルの旅の日程は……。

――まずい、今はブスケ領にいる頃だ。

もしラシェルがブスケ領にいることをカトリーナ・ヒギンズが何らかの方法で知り得たのなら。もし、それで脱走したのであれば。

狙いは……ラシェルか？　だとしたら、ラシェルに危険が迫る。

直ぐに、直ぐに動かなければ。知らず知らず握り込んだ拳に力が入る。

「シリル、今すぐテオドールを呼べ」

鍛錬のために脱いでいたジャケットを乱雑に羽織ると、私の指示にシリルは「はっ」と返事をし、そのまま鍛錬場を後にした。そのまま自分も足早にその場を後にしようとした時。

「テオドールを動かしますか。殿下、どうなさるおつもりで？」

「伯爵……」

「マルセル嬢の側にはレオニーとロジェがいます。ラシェル嬢に傷一つ負わせることはありません」

後ろに控えていたミリシエ伯爵が、私へと厳しい視線を向ける。その表情は既に威圧感のある騎士団長のものになっている。

「あぁ。もちろん騎士たちのことは信用している。だが、あのシャントルイユ修道院を脱走したのだから、協力者もいるはずだ」

「そうですか。騎士への信頼をありがとうございます」

伯爵は今あえて立ち止まらせることで、冷静さを私に取り戻してくれたのだろう。自分でもラシェルが絡むと、冷静でいられないと理解している。

今もラシェルに渡したネックレスの魔石から、ラシェルに危険が及んでいないことは分かる。それでも、ラシェルが確実に安全であると分かるまでは安心できない。

自分が直ぐに彼女の元に行けないことがもどかしい。

「令嬢一人であれば、騎士に敵うはずもない。それより問題は、カトリーナ・ヒギンズを表に立たせ、裏で動く人物。そいつがラシェルを狙う可能性が否定されない限りは安心できない。ミリシエ伯爵、手を貸してくれるか」

「御意」

ラシェル、どうか、どうか無事でいてくれ。

何度も何度も、その願いだけが自分の中を渦巻いていく。

◆◇◆◇◆

「なぜ……」

目の前にいるカトリーナ様は、最後に学園で会った時よりもやつれて見える。艶をなくし、結うこともなく無造作に下ろされた髪を振り乱し、目の下にはくっきりと隈《くま》を作っている。

数カ月ぶりに会った彼女の瞳は、以前の輝きを失い暗く濁り、以前の、艶のあるブロンドをきっちりと巻いて、姿勢を伸ばして扇子を優雅に扇いでいた姿とはあまりにかけ離れている。

これが本当に、あのカトリーナ・ヒギンズ侯爵令嬢なのであろうか。

「あぁ！　あなたに会えるのを楽しみにしていたのよ」

「カトリーナ様……」

「私ね、あなたに謝っていただかないといけないと思うの。だってそうでしょう？　いきなりお兄様に修道院に入れられて、毎日毎日この私に水仕事だの掃除だの……使用人の真似事をしろと言われたのよ？　おかしいわよね。だって、私は殿下の婚約者になるはずなのに。未来の王妃なのに。殿下も会いに来てはくださらないの。ねぇ、あなたのせいなのでしょう？　殿下が私に会いに来てくださらないのも。私がこんな屈辱的な扱いをされているのも」

「……カトリーナ様」

カトリーナ様は息継ぎも分からないほどの早口で捲《まく》し立てる。その姿は狂気じみていて、以前の令嬢としての姿を感じることはできない。

まるで、これでは……心が壊れているようではないか。あのプライドの高いカトリーナ様が。いつも凛とした、綺麗な微笑みを絶やさなかったカトリーナ様が。

今は口元だけは笑みを浮かべながら、その口から止まることなく《未来の王妃》《殿下の婚約者》と何度も口にしている。きっとそれは、カトリーナ様の信じる全てなのかもしれない。

彼女は殿下を心から好きだったのだろう。その方法が合っていたとは思わない。前回の生において、私が望んだのはその立場だけ。だが、カトリーナ様が望んだのは殿下自身だ。

今も過去も、彼女が何よりも欲したのは、殿下の一番側にいられる場所だったのだろう。

カトリーナ様が殿下を望む気持ちは、私には痛いほどわかる。私だって、殿下を心から愛しているのだから。それでも、殿下の気持ちを無視し、殿下の側にいることだけが王妃の価値だと考えているカトリーナ様を理解することはできない。

私にとって殿下を愛するということは、殿下を尊重すること。彼が大切にするものを一緒に慈《いつく》しみ、大切に守り、そして彼の幸せを願うことだと思うから。

殿下の心を無視した押しつけのような愛は、私には到底受け入れることができない。

「あなたがいけないのよ。あなたが私の思い通りにならないから」

「私はカトリーナ様の人形ではありませんから。殿下もまた、カトリーナ様の心を埋める道具ではありません」

「あなた！　私に何ということを！」

殿下への気持ちを否定されたと感じたのか、カトリーナ様の暗い瞳の奥に、私に対する強い憎悪の炎が宿る。だが、その視線を真っ直ぐに見据え、一呼吸置く。すると、戸惑う自分とは裏腹に、頭の中はクリアになり、徐々に冷静さを取り戻す。

「カトリーナ・ヒギンズ。あなた、今ご自分が誰に剣を向けているのかわかっていますか？」

私の言葉に、カトリーナ様は虚を突かれたように表情を固まらせ、「は？」と声を漏らす。

まさか私に反論されるとは思っていなかったかのようだ。

「私はラシェル・マルセル。この国の王太子殿下の婚約者。つまり、あなたが剣を向けている相手の後ろには王家がいるということを理解していますか」

「何を……何を……」

「あなたのその行動により、ヒギンズ侯爵家が今後どうなるのか。それがわからないあなたではないでしょう」

ヒギンズ侯爵家――その言葉にカトリーナ様は、肩をビクッと揺らせる。まるで、何かに怯えるように視線を揺らめかせた彼女は、「でも、これは……」と口をもごもごと動かす。

自分でも信じられないほど淡々と、冷たい言葉が口から次々に出る。

今までの自分では、とても彼女に言い返すことなどできなかっただろう。だが、今は違う。自分に向けられる悪意さえも自分で追い払えないようでは、この国の王妃になどなれるはずもない。

「しっかりなさい！　カトリーナ・ヒギンズ。あなたがすべきなのは私に剣を向けること？　自分の状況をしっかり目を開けて見なさい」

初めての友人である彼女の言葉を全て鵜呑《うの》みにし、信じていたかつての私。

裏切られたと感じてからは、彼女を思い出したくもない、関わり合いたくもないと思っていた。それでも、僅かに残っている彼女への友情。私が殿下の婚約者に選ばれる前の、彼女との小さい時の楽しい思い出が、僅かな希望を見出してしまう。

どうか、どうか、彼女が正気になりますように、と。

私を憎んでもいい。恨んでもいい。それでも、彼女が生きる気力を見つけて現実を見ないことには、自分の行動を見直さない限りは、カトリーナ様は一生暗い場所にい続けなければいけないだろう。

ごっそりと表情の抜けたカトリーナ様からは、私への怒りに燃えた瞳だけが向けられる。

「何ですって?」と小さく呟いた声と共に、私へと突き刺さらんばかりに射貫く視線。そして同時に、短剣を持った手に力が入る。

「あなたさえいなければ……あなたさえいなくなれば!」

「ラシェル嬢、私の側から離れないようにしてください」

レオニー様が背中ごしに小声で私へと伝えた指示に、小さく「はい」と返事をする。

カトリーナ様が一歩足を前へと出そうとしたその時、ロジェが風を切るようにカトリーナ様目掛けて走り込み、持っていた短剣を手刀で叩き落す。

短剣はそのまま地面にカランと音を立てて落ちた。

すかさずロジェは、その短剣を踵を使って後ろへと飛ばす。

短剣は地面を滑るように流れ、私へと向かう寸前にレオニー様が足で止めた。

短剣が奪われた驚きに目を見開くカトリーナ様が瞬きをする暇もないまま、ロジェはすぐさまカトリーナ様の後ろへと回り込み、両手首を後ろで重ねるように己の手で拘束し、膝を折らせて、動けないように体で押さえつけた。

あっという間の出来事に、私は何も言えずに、その光景を茫然と見ていた。

放心状態の私の後ろで、レオニー様が「70点だな」と呟くと、カトリーナ様を拘束しているロジェが「はい」と気まずそうに頷いた。

レオニー様は足元の短剣をサッと手に取り、剣先をカトリーナ様とロジェの方へと向ける。

「もっと早く動け。ラシェル嬢に怖い思いをさせる時間は最小限にしろ」

「……精進します」

「さぁ、お嬢さん。どうやって修道院を抜け出したのか教えてもらおうか」

レオニー様はいつも通りの落ち着いた声でカトリーナ様に問いかける。対するカトリーナ様は、ロジェの腕から抜け出そうともがきながらも、視線だけは未だ私を憎々し気に見つめ、

「許さない！　返せ！」と、何度も大きな声で私を詰《なじ》る言葉を吐いている。

彼女の吐く言葉、そして暗く濁った瞳から目を背けたくなる。

だが、彼女の姿を、彼女の怒りを真っ直ぐに見なければいけないとも思う。私が過去をやり直した結果、彼女はこの道に進むしかなかったのだろうと思うから。

カトリーナ様が騎士であるロジェに抗う術などないが、それでも私への殺気を隠すことなく未だ「殺してやる！」と叫ぶことを止めない。

人の悪意とは、こんなにも直球に胸に刺さり、言葉や視線だけでこんなにもえぐられるような痛みを伴うのか。カトリーナ様が投げかける言葉のひとつひとつが、胸へと突き刺さる。

彼女は、その腕で、その足で、私を殺すためにこの場にいた。剣を向けられていた時には感

じなかった恐怖が、今言葉によりその事実を明確に突き付けられた思いがし、徐々にこの場の景色さえ違ったものに見えてくる。

赤く染まった街並み。カトリーナ様。ロジェ。レオニー様の背中。ゆっくりと視線を動かし、最後に目に入ったもの。

それは、レオニー様が持つ短剣。その銀色の短剣に夕日の光が反射するのが見えたその瞬間、あの時がフラッシュバックする。

馬車と、賊の持つ松明の灯りに照らされた、鈍い光を放つ銀色。

私の胸を貫く光。私を殺す光。

――ドクンと、胸が大きく鳴った次の瞬間、ズキズキと頭が割れるような痛みが襲う。

頭を両手で抱えるように抑え、痛みにより自力で立っていることができなくなった私は、その場に膝をつく。

次の瞬間、レオニー様が驚いたようにこちらを振り返り、私へと駆け寄った。

「ラシェル嬢！」

だが、その姿を見たのも一瞬。ガンガンと割れるような痛みは増すばかりで、目を開けていることさえできなくなった。

私の胸元で魔石が淡く光っていることに気付くこともなく、私の意識は暗闇へと沈み込んだ。

3章　夢か現実か

目を開けると、そこには暗闇が広がっていた。

「どこ？　誰か、誰かいないの？」

周りを見渡しても何も見えず、私の声に応える人は誰もいない。

暗闇の中で私の声だけが空《むな》しく響き渡る。

「レオニー様？　ロジェ？」

耳を澄ませたところで風の音さえ聞こえてこない。何か触れるものはないかと両手を前に出して周囲を探るが、壁も葉っぱも何も触れるものはなく、ただ真っ暗な空間にひとり取り残された感覚がする。

――ここはどこ？　私はなぜここに……

頭の中で疑問が渦巻き、たった一人きりの空間に恐怖さえ覚え始め、自分の身を守るように自分の体を抱き締める。

その時、目の前の暗闇の中で、ぽわっと淡く柔らかい光が浮かび上がる。

目を凝らして見ると、徐々にその光は広がっていき、周囲を明るく照らし出す。すると、私が立ち竦《すく》んでいる場所は草の上であることが分かる。

周りを見回すと、どうやら木々に囲まれた場所に立っているようだ。

――森？　でも、なぜ？

私は確かブスケ領にレオニー様とロジェと共にいたはずだ。そう、カトリーナ様に会って……それで……。そう、急に頭が割れるように痛みだして……。

駄目だ。その後の記憶がない。

『ニャー』

深く考え込んでいると、ふと猫の鳴き声が聞こえて顔を上げる。キョロキョロと見回すと、私が立っている場所から少し先、木々が重なっている部分に小さな影を見つけた。

「クロ！」

影を注意深く見ると、そこには見慣れた黒猫の姿があった。考えるよりもまず体が動き、クロに呼び掛けながら側へと駆け寄る。

ここがどこなのか、なぜクロがいるのか。そんなことは私の頭の中から抜け落ちて、ただそこにクロがいた嬉しさだけが私の胸を温かくしてくれた。

「クロ！　クロじゃない！　心配したのよ。どこに行っていたの？」

クロを抱き上げると、クロは私の腕の中でくすぐったそうに身をよじりながら小さく鳴いた。

その姿がとても愛らしく、離れていたのは1日だけなのに、もう何カ月も会えなかったような気さえする。

「本当によかった。会いたかったわ。……でも、なぜクロがここにいるのかしら？」

周囲を改めて見回すと、どうやら暗闇の原因は夜だかららしい。上を向くと、僅かではあるが、木々の隙間から星が輝いているのが見えた。

「綺麗ね……」

クロの温かさ、そして遠くに見える星の煌めきに、心が落ち着きを取り戻すのを感じる。

だが、問題はこれからどうすればいいか、ということだ。このままここにいたら、確実に迷子になるだろうし、皆も心配しているだろう。

だとしても、この深い森をどう抜ければいいのか……。そう悩んでいると、腕に抱いていたクロが耳をピクッとさせ、キョロキョロと顔を動かしている。

「クロ、どうかしたの？」

クロの顔を覗き込むと、クロは私の腕からピョンっと飛び降りて、地面へと綺麗に着地する。そして、そのままトコトコと森の奥へと歩いていく。

焦った私は、思わずクロに駆け寄り「クロ！」と名前を呼ぶ。すると、クロはその声に応えるように振り向くと、私の方へと戻ってきて、何回か私の足元をグルグルと回りながら『ニャア』と何かを訴えるように鳴き、また森の奥へ進み始めた。

「……ついてこいってこと？」

『ニャー』

まるでクロは私の答えに《そうだ》と言うように鳴くと、またトコトコと、私がついてこられる速度で道を進み始めた。

わけが分からないが、このままここにいてもどうにもならない。

不思議に思いながらもクロの後ろをついていくと、クロは迷いなく真っ直ぐに進み始めた。時々、私がちゃんとついてきているか確認するように後ろを振り返る。そして、また先を急ぐように進んだ。

どれぐらい歩いたのだろう。私の息が上がり始めた頃、クロはピタリと足を止めた。

「あら？　あれは灯り？　誰かいるのかしら。人影が見える……えっ……？」

遠くに赤い炎のような灯りが見え、期待に目を凝らしながらクロを抱き上げた。だが、徐々に浮かび上がった人影の正体に、一気に血の気が失せるのを感じる。

「え……う、嘘」

足の先から徐々に体が冷え始め、ガタガタと全身が震える。驚愕に目を見開く私の視線の先には——私がいた。

目の前のもうひとりの私は、絶望と恐怖に震えながら地面に座り込み、今まさに剣で後ろから刺されようとしている。

——それはまさに、私の過去の姿そのもの。

「嫌……嫌……何で……」

ガタガタと震えながら、無意識に呻《うめ》くような声が漏れる。足は棒のように固まり、鉛の重しを付けられているように重い。

それでも、横たわるサラと御者、そして今まさに殺されようとしている自分をどうにか助けたくて、前へと踏み出そうとする。

だが、目の前を透明のガラスのような固い壁に遮られているようで、進むことができない。

ならばと、「誰か……誰か！」と震える声を上げる。

その声も壁の向こうには届いてくれない。私の足掻きなど空しく、下品な笑みを浮かべた賊が剣を私の胸部目掛けて振りかぶる。

「……っ!!」

恐怖に目を固く瞑る。

——怖い、嫌だ。死にたくない。怖い、怖い。誰か、助けて。

あの時の自分の感情が乗り移るかのように、自分の全身を渦巻いていく。震えは止《や》むどころか、増していくばかり。氷のように冷え切った手で、クロを何とか落とさないように抱き締めたまま、ガタガタと体が震える。

恐る恐る、きつく閉じていた目をゆっくり開ける。そこには、横たわり動くことのない私の姿、そして、それを賊たちがニヤニヤと笑って覗き込んでいる光景があった。

──死んだ？　……あれは、私の姿。私の過去の姿……。私が殺された瞬間？

恐怖に膝から力が抜けるように、その場にしゃがみ込む。

腕の中のクロが『ニャア』と鳴く声に、薄っすらと目を開く。すると、先ほど胸を刺されて倒れ込んだ私の周囲から眩しい光が広がり、それは私を包むかのようにキラキラと光り輝いている。

「何……これ……」

その光はとても神々《こうごう》しく、優しく光っている。この光景に驚いているのは私だけではないようだ。賊たちも驚いたように叫び声を上げ、恐怖におののいたようにズリズリと後ずさる。

その光は私の体の中へと入り込み、周囲がシンと静まり返った後、何もなかった空間から現れた人物に、私はさらなる驚愕を覚える。

そう、それは私のよく知る人物であったからだ。

「……テオ……ドール……さま……？」

なぜテオドール様が？　私の意識は、先ほどまで感じていた恐怖よりも疑問の方が勝り、視線の先のテオドール様に釘付けとなる。

テオドール様は、いつもの余裕さや冷静さが嘘のように焦った表情で、周囲を確認するように見回した。

直ぐに横たわった私を見つけ、駆け寄り抱き起こすと、『ラシェル嬢！　しっかりしろ！』と必死に何度も何度も声を掛けて体を揺すった。

だが、既に事切れている私は、テオドール様の懇願するような悲痛な呼び掛けに応えることも、目を開けることもない。

『お前たち、か？』

「あ？」

『お前たちがやったのか、と聞いている』

テオドール様は赤い瞳を怒りの炎で燃やすと、視線は抱きかかえた私へと向けたまま、茫然と立ち尽くした賊たちに声を掛けている。

賊たちは先ほどまでの威勢はどこへやら、テオドール様の他を圧倒する怒りのオーラに、顔色を悪くしたまま動くことさえできないようだ。

テオドール様は私をその場に優しく再び横たわらせると、賊の方へと振り返った。ここからだと、テオドール様の背中しか見えないため、今テオドール様が一体どのような表情をしているかは分からない。

だが、あの屈強そうな賊たちは、テオドール様に対峙しただけで圧倒的な力の差を感じているのであろう。自分の意思で動くこともできないのか、蒼褪めた顔で立ち竦んでいる。

立っていることもままならず、その場にへたり込んでしまっている者さえいる。

私があんなにも恐怖を感じ悪夢に見た賊たちが、テオドール様を前にすると、まるで蛇に睨まれた蛙《かえる》のよう。

「こ、殺さないでくれ……」

「俺たちは依頼されたんだ！　恨むならそっちにしろよ！」

「金、金はあんたに全部やる！　だから命までは……」

蒼く染まった顔で必死に命乞いをする賊たちは、一瞬で絶望したような顔に変わる。

『金？　そんなものを俺が欲しいと？　あぁ……そうだな、命は取らない』

その返答に、賊たちは僅かに安堵の表情を浮かべ、顔を見合わせた。そして、テオドール様がゆっくりと近づくと、彼らは媚《こ》びるような下品な笑みを浮かべた。

だが、テオドール様の次の言葉により、また絶望の淵に立たされることになる。

『まだ聞きたいことが沢山あるし、命は取らない。だが、そうだな……お前たちには、今後長い生涯を延々と、あの時死んだ方がマシだったと思うような地獄を与えるまでだ』

「や、やめ……」

「来るな！　来るな化け物！」

『……化け物、か。聞き飽きた言葉だ』

その言葉と共に、テオドール様が振り上げた手から出た蔓《つる》が、彼らを締め付けるように巻き付き、取り囲むように氷の檻が出現する。

恐怖の叫びを上げる賊たちの声など聞こえないかのようにテオドール様は、とどめの一撃と言わんばかりに、彼ら目掛けて雷を落とす。

賊たちは今までで一番の叫び声を上げた後、先ほどまでの喚き声が嘘のように、声を上げることは一切なくなった。

——え？　彼らは、どうなったの？

目の前の異常な光景に私はただ息を押し殺して見入るばかりであった。

彼らに殺されたとはいえ、賊たちがどのような状況にあるのか。それが気がかりで、目を凝らして見るが、氷の檻で囲まれたせいか、その姿を捉えることはできない。耳を澄ませても、賊たちの声もひとつも聞こえてはこない。

死んだ……わけではないのよね？　さっきテオドール様は《命は取らない》と言っていたも

の。ということは、気絶させたということ……かしら。

私の心臓はドクドクと速く音を立て、この場の緊迫感だけで今にも倒れてしまいそうになる。

だが、一番の疑問は、なぜテオドール様がここに現れたのか、ということだ。

何せ、これが過去の私――つまり18歳で殺された私の光景であるのなら、前回の生において、私とテオドール様はほとんど関わりを持たなかった。

それどころか、会うとフレンドリーに接してはくれていたが、一定以上に近づかなかったのはテオドール様の方であったはず。それなのに、なぜ？

視線の先のテオドール様は、サラと御者を道の脇にある大木の下へと移動させて、それぞれの胸に花を置くと、手を合わせた。

その姿に、胸が苦しくなる。私と一緒にいたばかりに殺された彼らへの申し訳なさ、そしてテオドール様の優しさを垣間見た気がしたからだ。

続いてテオドール様は私の元へと近づき、膝をつくと、優しい手つきで私の頬を撫でた。その瞳は悲痛に染まっていて、見ている私でさえ胸が締め付けられて息ができないほどだった。

『遅くなって……ごめん。約束を守れなくてごめん』

テオドール様は小さく私に呟き、自分が着ていた魔術師団の黒ローブを脱ぐと、ゆっくりと丁寧に私の全身を覆うようにかける。

『すぐにご両親のところに帰してあげるから、少し待っていてくれ』

優しい声で私にそう囁いたテオドール様の言葉に、両親の顔が思い浮かぶ。

そうだ。私が死んだと知った時、両親はどんな気持ちだったのだろうか。あんな間違いを犯した私にさえ、涙を流し悲しんだかもしれない。

自然と目元から涙が溢れて頬を伝う。腕に抱きかかえたクロに私の涙が零《こぼ》れたのか、クロは私の顔を覗き込み、『ニャア』と小さく呟く。

「大丈夫よ。ありがとう、クロ」

心配するクロに微笑むと、クロはまた顔をテオドール様の方へと向けた。手で涙を拭い、一呼吸ついた後に、私もまた視線をそちらへと向ける。

テオドール様は一瞬空を睨むように厳しい視線で見上げた後、スッと立ち上がる。険しい表情のまま、一言も発することもなく、こちらに背を向けた。そのまま、ここに現れた時と同様に、何もない空間から姿を消した。

テオドール様が消えた空間は、サァーと流れるように風が通り過ぎるのみで、静寂に包まれた。私の肩に入った力は抜けることなく、茫然と先ほどまでの光景を思い起こしていた。

――今のは、一体？　一体……何だったのかしら。それに約束？　約束とは何なのだろう？

切ない気持ちを抱えながらも、先ほどのテオドール様の言葉が何度も頭に浮かぶ。だが、その疑問は一切解消されないままに、私の中にモヤモヤと残る。

「これは、何？　クロが私をここに連れてきたのよね？」

『ニャー』

その時、私のすぐ側を強風が吹き、木々がゴォゴォと音を立てて揺れ動いた。

その風は私を通り抜けると、テオドール様のローブを掛けられて横たわる過去の私の方向へと進んでいく。

「な、なに……あれ……」

ポツリと呟いた自分の声は、自分の想像よりも遥かにしっかりと聞こえてきた。だが、大きな声を出し過ぎたと気にする余裕など、今の自分にはなかった。

なぜなら、私の目の前では、過去の私の全身を覆うかのように、真っ黒な霧にも見える靄が広がっていたからだ。

あれは何だろうか、と身を乗り出そうとしたところで、頭がまた割れるようにガンガンと痛み出す。「いたっ」と呟いた声と共に、右手でこめかみを抑えるが、頭痛は徐々に強さを増していき、苦痛に表情を歪める。

痛い、痛い……何この痛みは。頭を鈍器で殴《なぐ》られているような痛みが襲う中、私の頭の中に何者かの声が聞こえてくる。

――思い出せ――

――お……もい……来い……ところ……へ――

声は途切れ途切れに、私に訴えかける言葉を投げかけてきたが、不明瞭で、何を言っているのかはっきり聞き取れない。

何？　何の声？　よく聞こえない。でも、確かに聞いたことがある声。私は何を忘れている？

意識を保っていられない。駄目、もう少しこのまま、あと少しで思い出せる気がするのに。

重くなる瞼を開けようとするが、叶わず、痛みが徐々に遠ざかっていくと同時に、私の意識はまた暗闇の中に沈んでいく。

だが、意識が闇へと落ちそうになったその時、私の手を握り込む、優しい温もりを感じた。

――エル、ラシエル――

誰かが呼んでいる？

私の名を呼ぶ声に、答えなければいけないと強く感じた私は、沈みかけた意識が浮上して、重かったはずの瞼をゆっくりと開ける。

すると、そこには、誰よりも会いたかった人。一番に顔を見たかった人。

そう、心配そうに私の顔を覗き込む殿下の顔があった。

◆◇◆◇◆

ぼんやりする意識の中で、ただ殿下の顔だけが徐々に鮮明になってくる。

なぜ殿下が目の前にいるのか。ここはどこなのか。冷静になれば、そんな疑問が湧くのだろうが、その時の私にとっては、些細なことであった。

これが夢でもいい。また変な時空を彷徨《さまよ》っているだけであってもいい。ただ、殿下に会えた嬉しさだけが私の胸をいっぱいにしているのだ。

目の前の殿下が本物でなくて、夢だとしても、それでも殿下への想いだけが溢れ出てくる。

「ラシェル、よかった。目が覚めたんだね……」

殿下は私の顔を見つめると、嬉しそうに目を細め、安堵の息を吐いた。そして、椅子から腰を上げて身を乗り出すと、私が寝ているベッドの端に腰を降ろし、優しく私を抱き締めた。

——殿下に抱き締められて……いる？　もしかして……本当に殿下のところに帰ってきた？

「本当に殿下？　それとも夢？」

自然と口から零れ落ちた言葉に、殿下は私を抱く力を強めた。殿下に抱き込まれた私の耳に、殿下の胸の音がトクントクン、と聞こえてきた。

殿下から感じる温もりは、まさに生きている証のように感じる。

私が今生きていて、殿下と想い合うことが出来た奇跡が紛れもない現実だと感じることが出来て、ようやく長い夢から覚めたような不思議な感覚があった。

だが、今ここにいる殿下が本物だとして、さっきまで私がいた森は何だったのだろうか。あのブスケ領とミリシエ領を繋ぐ神秘の森。あの場所で見た全てが夢？

――まさか、そんなはずはない。だって、全てを思い出すことができるのだから。頬を掠《かす》める風、クロの柔らかい毛、そしてあの衝撃的な光景……。

そう。あの森を離れた今も、あの光景が目に焼き付いて離れないのだ。

自分が殺された姿を見たあの事実。そして、その後に現れたテオドール様の姿を。

それでも、今は何も考えずに、ただ殿下の胸の中にいたい。この甘い愛しさを離したくない。

殿下への想い、そして安堵で目元が熱くなり、鮮明になった視界が涙で歪むのを感じる。

「もう、ここに帰ってこられないかと……」

「あぁ……私の力が及ばなかったせいで、ラシェルには怖い思いをさせてしまった」

「……殿下のお力……ですか？」

「私がもっとシャントルイユ修道院の内情を把握しておくことができていたら、カトリーナ・ヒギンズが脱走し、ラシェルに辿り着くこともなかっただろう」

殿下は私の肩に手を置くと、顔をそっと覗き込むように、私の瞳に視線を合わせた。まじまじと見る殿下の顔には、疲れが滲んでおり、目の下に薄っすらと隈ができている。

殿下の隈をそっと撫でるように手を伸ばすと、私の手は殿下によってギュッと握り込まれる。

合わさった視線に、殿下がいかに私を心配していたかが伝わり、胸が締め付けられる。

「ただ、今はラシェルが無事目を開けてくれて、ほっとしている。体調はどう？　意識をなくす前に頭を抱えて痛がっていたと聞くが、まだ痛みはある？」

「いえ……。今はもう大丈夫です」

「そう、よかった。もうじき王宮医師が診察に来る時間だから、もしまた具合が悪くなったら、すぐに教えてほしい」

殿下は、私の返答にほっとしたように、目を細めた。それでも未だ体調が気がかりなのか、私の額に殿下の額をコツンと当てながら「あぁ、熱はなさそうだ」と呟いた。

「あ、あの……殿下！　ち、近いです」

「あぁ、すまない。つい、心配で」

「手で、手で確認してください」

「……そうか、手か。思い浮かばなかった」

急に殿下の顔が間近に迫ったことで、一気に頬に熱が集まり、驚きに声を上げる。真っ赤になりながら抗議する私に対し、殿下は私の額から顔を離しながら嬉しそうに息を漏らした。

だがそんな殿下の顔もまた、先ほどより赤みが増しており、目元が若干赤く見える。

恥ずかしさに、視線を逸らすと、ふと自分が今いる部屋が目に入った。

「あ、あの。ところで、私はなぜここに？」

戸惑いがちに告げた私に、殿下は「あぁ、説明がまだだったね」と納得するように頷く。

そう。なぜ、ブスケ領にいた私が王都の自室にいて、目の前に殿下がいるのか。周囲をよく見渡すと、おかしな点に気がつく。

「カトリーナ・ヒギンズが脱走したと報告を受けてすぐに、テオドールをブスケ領に向かわせたんだ」

テオドール様の名に、先ほどみた夢のような過去の光景を思い出し、思わず肩がピクリと動く。

「それで、テオドールは自分の術を使って私に状況を知らせ、ラシェルだけを先に王都のマルセル侯爵邸に連れ帰ったんだ」

「そ、そうだったのですね。だから私は自分の部屋で寝ていたのですね」

「ラシェルの状態を見て、王都の医師に診せた方がいいと思ったんだ。医師は、強いショックで一時的に気を失っているだけだろうという見立てだった。しばらくしたら目を覚ますと言われていたが、なかなか起きなくて……今日ようやく目を覚ましてくれた、というわけだ」

殿下は心底安心したというように、柔らかい笑みを浮かべた。

「ありがとうございます。あの、あれから何日経っているのですか？」

「あぁ、４日だ」

「４日も！」

まさかそんなにも自分が意識を失っていたとは。あの森にいたのは、ほんの数時間という感覚だ。

それに、殿下の言葉によると、私は意識を失った後、すぐにここに戻ってきた。それからずっとこの場にいたということだ。

――つまり、あの森にいたのは夢ということになる？

殿下は私の髪を優しく撫でながら、「戸惑うのは無理もない」と眉を下げた。

「あの、殿下。カトリーナ様は……あの後どうなったのでしょうか」

「カトリーナはヒギンズ夫人の実家である伯爵家の手助けで、あの修道院を脱走したそうだ。カトリーナに襲われて、脱走するきっかけとなったといわれていたシャントルイユ修道院の新人シスターは、実は協力者であったことも判明している」

「そうですか。ヒギンズ夫人の」

「今はヒギンズ夫人と繋がっていた者たちを捕らえて、全ての悪事を明らかにしている最中だ。

そして、シャントルイユ修道院の管理についても改めて検討していくつもりだ」

カトリーナ様のことを問うと、途端に殿下の雰囲気がピリッと変化し、厳しい眼差しで眉を顰めた。

「あの、カトリーナ様の様子はどうなのですか？」

「あぁ。彼女は未だ辻褄《つじつま》の合わない言動が多い。だが、母親と連絡を取ることがなくなれば、今の洗脳状態から抜けて、会話も成立してくる可能性はある」

洗脳……。そうか、殿下の妃になることを夢見ていたのはカトリーナ様だけではない。いつしか、ヒギンズ夫人の夢にもなっていたのだ。

きっと夢見がちな2人は、そんな似通った性質を悪い方へと向かわせてしまった。そして、もしかすると、マルセル侯爵家自体の失脚を狙う輩に目を付けられた可能性もある。

もしかすると、カトリーナ様の脱走の裏には、ヒギンズ夫人やその実家以外にも、他に繋がっている家があるかもしれない。

でも、実際に裁かれるのは表面に出てきた者だけ。今回の件も、失敗は分かっていてカトリーナ様に私を襲わせた可能性さえある。それだけお粗末な犯行だったからだ。

「ただ一つ、私の気持ちとしては、ラシェルがカトリーナを許そうとも、私は許すつもりはない。温情を与えるつもりがないことだけは理解してほしい」

「えぇ。えぇ……そうですね。温情を与えれば、王家が甘くみられますものね」

私の言葉に、殿下は力なく首を振ると私の左手を取り、両手で包み込んだ。

「違う。違うよ、ラシェル」

「え？」

「王家としての意向とも反してはいないけど、違うんだ。君を愛する男として、君に危害を与える人間を許すことなどできるはずもない」

「殿下……」

その言葉にハッと顔を上げると、殿下は切なげに眉を下げながら微笑んでいた。

——そうだ。一番大切な殿下の想いを、今私は見ることができていなかった。

きっと殿下は今回の件で、寝る暇もないほどに尽力してくれているのだろう。その上で、時間を見つけて私の見舞いに来てくれている。

多忙な殿下が、なぜ私のために動いてくれるのか。その気持ちにまず目を向けるべきだった。

殿下はいつだって私を尊重し、その想いを告げてくれる。それが私にとって、どんなに大きくて大切なものであるだろうか。

「幻滅したか？　器の小さい男だと」

「……いいえ、幻滅など」

「君に近づく奴には嫉妬でどうにかなりそうだし、君の笑顔を、幸せを奪う奴は近づけたくもない。狭量な人間だと、最近つくづく実感する」

殿下は穏やかに微笑みながらも、その眼差しに憂いの色を浮かべている。

いつだって強くあり続ける彼が、こんなにも自分の胸の内を打ち明けてくれている。

いつも隠している弱さを自分にだけ見せてくれる。そんな一面が嬉しくないはずがないし、その姿がより愛おしさを感じさせる。

「いいえ、殿下。そのようなこと、思うはずもありません。あなたはいつだって、私を想ってくださっています。私も同じように殿下を想っております」

「……ラシェル」

殿下は一瞬ポカン、とした表情をした後に、徐々に言葉を噛み締めるように顔を綻ばせた。

その表情に、私まで嬉しくなり、自然と頬が緩む。

「あの、殿下。遅くなりましたが……」

殿下の瞳をジッと見ながら、そう告げると、殿下は優しく「あぁ」と返事をしてくれる。

「ただいま戻りました」

「あぁ、おかえり。おかえり、ラシェル」

殿下は、目を見開き息を呑むと、さらに目元が優しくなり、私をもう一度固く抱き締めた。

4章　繋がれた赤い糸

目が覚めてから5日が経ったが、依然、私は屋敷からの外出を禁じられていた。

両親としては、またも意識を失って目覚めなかったことが1年半前を思い出させたようで、慎重になっているようだ。

さぞ退屈だろうと周囲には思われているだろうが、私本人としてはそんなことはない。というのも、この穏やかな時間は、記憶を自分の中で整理するのに役立っているからだ。

あの森で見た光景は何だったのか。そして最後に聞こえた声は誰だったのか。あの声は、私に《思い出せ》と言った。

今はその意味がわからない。それでもあの声には聞き覚えがあり、なぜか恐怖を感じない。もしかすると、私にとって悪い相手ではないのかもしれない。

――やはり、もう一度あの森に行かないことには何もわからないわね。

あの森で起こったこと、そして最後の声の主がこの時間を遡り魔力を失ったことの鍵を握っていると思うから。

ただ、今すぐあの森に行くのは難しい。両親や殿下に納得してもらわないといけないし、また何かあった時は皆を心配させて迷惑をかけてしまう。

——それでも、行かなければいけない。ようやく少し手がかりを見つけたのだもの。

部屋の窓際に立ち、庭を眺めながら深く思案していると、足に擦り寄る柔らかい感触がした。その感触を追うようにしゃがみ込むと、クリッとした目と視線が合う。

『ニャー』

そしてもう一つ、驚いたことがあった。

殿下が帰った直後に、クロがひょっこりと現れたのだ。自室のクロ用のベッドからモゾモゾと出てきて、いつものように私のベッドにピョンと飛び乗り、体を丸めてまた寝始めたのだ。

いきなり現れたクロに驚きと戸惑いを感じ、喜びと安堵からクロを抱き寄せて『クロ！　どこに行っていたの！』と声を掛けた。だが、眠かったのか、嫌そうに身をよじって拒否されてしまった。

それでも、クロが私の元にまた戻ってきてくれたのは本当に嬉しかった。

クロにも、あの森でのことを聞いてみたがクロは『ニャーニャー』と可愛く鳴くのみで、私にはクロの訴えを理解することができず、首を傾げるばかりだ。

もしかしたらテオドール様を頼れば、クロの言葉を理解してくれるかもしれない。彼は言葉を濁してはいるが、精霊の言葉を理解できるのだと思うから。

でも、テオドール様に会うことに躊躇してしまう自分もいる。それだけ、あの時のテオドール様の様子は、いつも知っているテオドール様と違っていた。

——テオドール様と私は、過去に何かを約束したのですか？

その質問をするべきなのかどうかが分からない。私が覚えていない過去で、テオドール様だけが覚えていることがあるのだろうか。殿下の婚約者になってから紹介されたテオドール様だが、もしかしたらその前に出会っていた可能性もある？

どうするべきか考えていると、コンコンとノックする音が聞こえた。

「お客様がお見えです」

「えぇ、ありがとう」

扉の奥から聞こえた侍女の声で、約束の時間に気がつく。

一度沈み込んだ気持ちを新しくするために深呼吸をしてから、部屋を出る前にもう一度クロを一撫でし、お客様を迎えるべく部屋を出た。

応接間へと向かうと、部屋にいたのはアンナさん。今日は私の見舞いということで、我が家を訪問してくれたのだ。

「ラシェルさん、お久しぶりです！　倒れられたと聞いて、とても心配しました。お身体は大丈夫なのですか？」

「ええ、もう大丈夫よ。アンナさんも忙しいのに、わざわざ見舞いに来てくれてありがとう」

アンナさんだけでなく、アボットさんやエルネストも皆、私の体調に心を砕いてくれた。手紙を貰うだけで、相手から優しさが届けられたかのように私を励ましてくれる。

「いえ、でもお会いできて嬉しいです。顔色もよさそうで安心しました」

「アンナさんは？　聞くところによると、王都の聖教会を回っているとか」

「はい。まだまだ何もできませんが、教会を回ってお祈りを捧げております。今後は王都だけでなく、各地の教会を訪ねていきたいとも考えているのですが……まだ学ぶことが多いので、先になるかとは思います」

「とても素敵ね。アンナさんはとても頑張っているのね」

私の言葉にアンナさんは、恥ずかしそうに頬を赤らめ、目を細めて笑った。

「まだまだですが……できることを頑張りたいです」

はにかむアンナさんに以前の面影は欠片もない。それどころか、憑き物がすっかり落ちたように、穏やかさを滲ませるアンナさんは、かつての聖女アンナ・キャロルを思わせる。

「失礼します。お茶菓子をお持ちしました」

その声と共に現れたのはサミュエル。彼はトレーに載った菓子を目の前に置いた。

「これは？」

「アンナさんが手紙で仰っていたでしょう？　我が家の一風変わったお菓子を食べてみたいと」

「え？　あぁ、そうでしたね。これが、その……不思議な料理なのですね」

「そうよ。これはね、マンジューというのよね？　サミュエル」

アンナさんとの手紙のやり取りの中で、アンナさんは甘いお菓子がとても好きだと教えてくれていた。サミュエルは他の国のお菓子を作ることができるため、ぜひ、今度食べてみてほしいと返事をしていたのだ。

アンナさんは目の前の《マンジュー》を不思議そうにまじまじと見ており、興味津々という様子だ。私もまだ食べたことがない、マンジューというものがどんな味なのかとても楽しみだ。

「はい。聖女様のお口に合うとよいのですが……。小麦粉でできた皮と、中に入っている餡子《あんこ》を蒸した東の国の菓子になります。餡子というのは、以前マルセル領で見つけたあの《小豆》という豆を煮て砂糖を混ぜたものです。ですが、人によっては、食べ慣れなくて苦手と感じることもあるかと思いましたので、クリームが入ったものも準備しております。フォークなどは使用せず、クッキー同様に、手に持って召し上がってください」

「サミュエル、ありがとう」

サミュエルにお礼を伝えると、サミュエルは穏やかに目を細めた。そして「何かあればお呼びください」と私に声を掛けてから部屋を辞した。

「アンコと言っていましたね。ラシェルさんは食べたことがあるのですか？」

「えぇ。マンジューは初めてだけど、アンコは食べたことがあるわ。最初は独特な味に慣れなくて少し苦手かなと思ったのだけど、少しずつ美味しく感じてきたの。私はどちらかと言うと、豆が少し残った……確か粒あんと言ったかしら？　それが美味しいと思ったわ」

「粒あん……ですか」

アンナさんは不思議そうに首を傾げると、「では、まずクリームの方をいただいてみますね」と一つを手に取った。

そういえば、確かアンナさんの前世は菓子屋であったため、甘いものが好きだったと言っていたはず。だから、どの国のお菓子でも、材料や作り方まで気になると手紙にも書いてあった。

「アンナさんは、お菓子の作り方も気になるのでしょう？」

「え？　お菓子……ですか？」

私の言葉にキョトンとして瞬きを数回したアンナさんは、眉を少し下げて首を横に振った。

「いえ。甘いものは好きですが、作り方は全然分かりません。厨房に入ることもあまりないですからね。ラシェルさんは作り方も気になさるのですか？」

「……え？」

――ピシリ、と空気が固まるのを感じる。

アンナさんのその表情からは、なぜ私がそのような質問をしたのか全く分からない様子。

そう、それは何の不思議もない。普通、貴族の令嬢は調理場に立つことがないため、料理をしようという発想などないのだ。

だから、普通の令嬢同士の場合には、今の私の質問はおかしいと思うのが当たり前だ。

「あ……いえ、そうね。小麦粉や豆からこんなに可愛らしいお菓子ができるのだから不思議だと思って」

「そうですね！　言われてみれば本当に凄いことですね」

辛うじて誤魔化すように繋げた会話に、アンナさんは違和感がなかったようだ。ニコニコと笑顔を浮かべながら、私に同意するように頷いた。

──もしかしたら、アンナさんは……。前世の《アンさん》の記憶がほとんど残っていないのかもしれない。

それがいいことなのか悪いことなのかは私には分からない。それでもあの日、私の目の前で、好きな人を想って涙を流した彼女がいなくなってしまったような寂しさが、ぽっかりと心の中に浮かんでしまう。

「あの、アンナさん」

「はい？」

「あの……変なことを聞くようだけど、マコトさんって方はご存知……かしら」

それでも、彼女の欠片を。アンさんが願った、たった一つの最後の願い——彼のことだけを覚えていられたら、それだけでいいという言葉。

私に告げた寂しそうな顔が、私の記憶から離れることができない。だから、間違っているかもしれない。そう思いながらも尋ねてしまった。

マコトさん——アンさんがその想いの全てを捧げた相手を。

だが、黄色い瞳がこちらを向き、そして次に告げた言葉に、私は愕然とした。

「マコトさん？　……えっと、どなたでしょうか？」

記憶が……ない。

アンナさんは、もうアンさんの記憶全てがなくなってしまったのだろうか。

「ラシェルさんのお知り合いの方ですか？」

「いえ……。いいのよ。変なことを聞いてしまってごめんなさいね」

アンナさんは不思議そうに私を見て疑問を口にしたが、私は喉が渇く思いがして、目の前の紅茶を一口飲んだ。

「食べるのを邪魔してしまったわね。さぁ、どうぞ召し上がって」

「ありがとうございます。では、いただきます」

寂しい気持ちはある。アンナさんの中のアンさんは、やり方は別としても、自分の人生を諦めずに生きようともがく人だったから。

そんな彼女が、まるで最初からいなかったかのように消えてしまった喪失感が、空しく私の胸にとどまる。彼女のいう《この世界》で、彼女を知るたった一人として。

それでも、アンナさん自身が変わったわけではないのだろう。きっとアンさんの魂とアンナさんは一緒なのだから、きっとアンさんの欠片もアンナさん自身の中には残っているはずだ。

そう自分に言い聞かせながら、アンナさんに向けて微笑んだ。

アンナさんも私の言葉に頷き、マンジューを頬張ると目を見開いて「美味しい……」と思わず声を漏らした。

私も一口食べてみようと、アンナさんと同じく最初はクリームの入ったマンジューを手に持ち、一口食べてみる。

すると、ふわっとした皮の中に入ったカスタードクリームのちょうどいい甘さに、思わず頬が緩んでしまう。クリームだからか、とても紅茶に合う。甘いクリームをストレートの紅茶が中和して、口の中をさっぱりとさせてくれる。

確か、サミュエルが言うには、アンコには違うお茶が合うそうなのだけど、この国では飲まれておらず、さすがのサミュエルもお茶作りはしたことがないそうだ。同じ茶葉でも作り方で、紅茶だけでなく他のお茶も作れるとは言っていたが、私には詳しくは分からない。

それにしても、このマンジューというお菓子。見た目も丸くて可愛らしいが、とても食べやすくて美味しい。

「本当ね！　とっても美味しいわ。次はアンコの方を食べてみようかしら……。あら？　アンナさん？」

返答がないことを不思議に思い、顔を上げる。

すると、アンナさんが茫然とマンジューを見つめていた。

「アンナさん？　どうしたの？」

私の問いかけなど聞こえていないかのように、ただ食い入るようにマンジューを見つめていたアンナさんの目から、ポロポロと涙が溢れていた。

それに驚いたのは私だけでなく、アンナさん自身も、どうして涙が溢れているのか分からない、といった様子で顔を上げた。

「なんで……なんで、涙が……」

「ど、どうかしたのかしら。どこか痛いの？　大丈夫？」

「いえ、その……このお菓子を食べていたら、自然と……」

「マンジューを？」

「どこかで食べたような……懐かしい味がして」

懐かしい？　思い出の味に似ている、という感じだろうか？

アンナさんはハンカチで涙を拭ったが、それでも涙は止まらないようだ。大きな目から大粒の涙が浮かび上がり、ハンカチへと消えていく。

「……私はこれを……食べたことがある……」

ポツリと小さく呟いたアンナさんは、ハンカチを膝の上へと置くと、アンコのもう一つのマンジューを手に持ち、意を決するようにしばし見入った後に一口食べた。

すると、何かに気付いたかのようにハッとした表情になったアンナさんは、慌てたようにその場にガタッと立ち上がった。

「ア、アンナさん？」

「ラシェルさん！」

「は、はい」

「あの、さっきの人！　さっきの人は⁉」

「さっきの？　……えっと、誰かしら。もしかして、サミュエルのこと？」

アンナさんは勢いよく立ち上がったまま、私のほうへと大きな瞳を向け、切迫した様子で問いかけた。その勢いに押される形で私が返答すると、考え込んで、声に出さずに口を「サミュエル？」とだけ動かしたことが見て取れた。

そしてアンナさんはその勢いのまま、部屋の扉まで足早に進み、扉を開けて部屋を出て行こうとする。その行動はとても聖女アンナのする行いには見えず、私には何が起こっているのか全く分からず、あっけにとられるばかり。

だが、ポカンとその行動を見ていたのは一瞬で、すぐに正気を取り戻した私は「アンナさん！」と呼び掛けながら後を追いかける。

開けっ放しの扉から部屋を出ると、廊下で立ち竦んで、真っ直ぐ前を見るアンナさんの姿があった。

「どうしたの？　急に飛び出すから驚いてしまったわ」

アンナさんに背中ごしに問いかけ、速くなった心拍を落ち着けるように「ふぅ」と息を吐く。

それでも、私の言葉に答えは返ってこず、不審に思いアンナさんの隣に立ち横を見ると、アンナさんは歓喜に震えたように瞳をキラキラと輝かせ、上気した頬を真っ赤にしながら、ただ一点だけを見つめていた。

その視線を辿るように追っていくと、ある人物で止まった。――サミュエルだ。

サミュエルは、先ほど私たちの元に運んだワゴンを押して、調理場まで戻るところのようだ。

なぜサミュエルをそんなにも熱心に見つめているのか、理解が追い付かず、アンナさんへまた声を掛けようと視線を隣へと移す。

そのアンナさんは、一歩足を前へと出すと、大きな声でサミュエルに呼び掛けた。

「誠くん！」

――マコト……くん？　アンナさんは今何と言った？　マコトくんと言わなかっただろうか。

様々な疑問が一気に駆け巡るが、それどころではない。とりあえずはアンナさんを落ち着かせた方がいいのではないかと思うが、そのアンナさんはまた何度も同じ人物の名を口にした。

「誠くん！　誠くん！」

「あの、アンナさん。彼は……サミュ……」

何か誤解があるのか、どうなのか。サミュエルのことを口にしようとして、視線をサミュエルへと向ける。すると、声に気が付いたサミュエルが、条件反射のようにパッと振り向いた。

そして、普段から誰に対しても親切で穏やかな笑顔を浮かべているサミュエルであるが、その笑顔とも違う、とても柔らかく、特別な相手に向けるような温かい笑顔を浮かべて、

「どうした？　杏」

そう返答したのだ。

だが、サミュエルは一瞬でハッとした表情を見せると、自身の発した言葉に驚いたように、細く吊り上がった目を極限まで見開いてキョロキョロと周囲を見回す。私を視線に捉えて、一

気に顔色を悪くさせた。

だが、その返答と共に動いたのは、私の隣にいたアンナさんだった。

彼女はその場から勢いよく駆け出すと、サミュエル目掛けてそのまま飛び込んだ。サミュエルの背中に腕をギュッと固く回しながら、子供のように大きな声を上げて泣いていた。

サミュエルは驚いたように彼女を受け止め、彼女と私へ顔を忙《せわ》しなく行き来させながら、分かりやすく困惑している。

アンナさんは泣きながらも、その口から何度も同じ人物の名を口にする。途切れ途切れに「マコトくん」「会いたかった」「アン」と何度もつっかえながら、一生懸命相手に伝えようと口にしている。

サミュエルも「杏!?　杏なのか！」と驚いたように、アンナさんの肩を掴んで顔を覗き込む。

アンナさんは涙でぐしゃぐしゃの顔をさらに歪めながら、何度も何度も首を縦に振った。

少し離れた場所から彼らを見ていた私は、ただただ茫然と立ち竦むだけであった。

それでもサミュエルに向かって「誠くん」と呼び掛けるアンナさんの笑顔が、今まで見た彼女とは違った、心からの笑みなのだと、私は理解した。

その笑顔は、今まで見てきた彼女の中で一番キラキラと輝き、あまりにも綺麗だった。そして、同時に理解した。彼女のマコトくんがサミュエルであり、一度消えたはずのアンさんがまた戻ってきたのだと。

私の視線の先には、サミュエルに抱きついたまま離れようとしないアンナさん。対するサミュエルの顔も、困惑しつつも喜びを隠しきれていない様子に、私の胸が熱くなるのを感じた。

◆◇◆◇◆

物心ついた時から、俺にはずっと違和感があった。

エモニエ男爵家の五男として末っ子で生まれたが、幼い時から『妹がいない』と言っては両親を困らせたそうだ。料理も食べることよりも作る方に興味があり、兄弟たちが山を駆け回っている頃、俺だけは厨房に入り浸っていた。

そして何よりも、自分には誰よりも大切に思っていた人がいたはずなのに、それが誰なのか、そもそもそんな人がいたのかさえもはっきりとしない。

ずっと靄がかかっているような不思議な感覚があった。

その違和感が明確にどこから来るのかが理解できたのは、10歳の時に釣りの最中に川に落ちて、頭を岩にぶつけた時だった。

急激に様々な記憶が頭の中を駆け巡り、この世界ではない世界において、自分ではない自分がいたことを思い出したのだ。

そう、前世というものだ。前世の自分には妹がいたから、あんなにも妹が欲しかったのか。以前の自分は料理人だったから、厨房が好きだったのか。

そして、誰かをずっと探していた気がしていたのは、あの子のことだったんだ。

前世を思い出す時、必ずその後ろには、俺よりも小さくて可愛い女の子がいるんだ。その子はいつだって俺に懐《なつ》いてくれていて、俺を見つけては嬉しそうに笑ってくれて、俺が料理を作るといつだって美味しいと喜んでくれた。

料理人を目指したのも、その子の『美味しい！　誠くんは天才だね！』なんて幸せそうに笑う姿が何よりも好きだったことがきっかけだったのだと思う。

俺にとって大事な大事な……特別な子。

それでも、臆病な俺は、彼女の好意を見ないように目を背《そむ》けていた。俺の方が年上だったし、特別優れた学力や容姿だってない。料理が好きだということ以外に得意なことだってない。

本当に平凡な人間だと、自分でも思っていたぐらいだ。

逆に、幼馴染の杏は年々可愛らしく成長していって、いつだって彼女の周りは明るい陽が差すように眩しく見えた。

だから、きっと高校や大学に行く頃には、杏は気付くと思った。

俺に向けていた感情は、親しみであって恋ではなかったのだと。幼稚園児が先生に淡い初恋を抱くようなものであって、杏にとっての初恋はきっとこれからなんだ、と。

そう自分に言いきかせていた。

それでも自分はいいと思っていたんだ。杏にとって特別な相手ができて、そいつも杏を大切にしてくれる奴だったら、きっと俺は心から祝福しただろう。

彼女が俺の料理を食べた時のように、キラキラと大きな瞳を輝かせて幸せそうに笑っていてくれたなら。

そして、あの日。杏がトラックに轢《ひ》かれそうになったあの時、考える余裕がなく、無我夢中で走った。

杏の腕を引っ張って、庇《かば》うように抱き抱えた。この子だけでも何とか助けなければと必死だった。だが、覚えている記憶はそこまでで、それ以降のことは一切覚えていない。きっと即死だったのだろう。

杏は助かったのだろうか。今でもそれだけが気がかりだが、自分の行動を後悔することはない。きっと俺はあの瞬間に何度戻ったとしても、同じことをするだろうから。

願うことはただ一つ、杏が助かっていることだけ。今の俺はそれさえ知る術を持ち合わせていなかったが。

ただ杏が日本という、ここととは違う世界で幸せだったら。それだけでいい。

自分は自分で、何とか前世を受け止めることができたし、料理人という道にまた進むことができた。しかも、どうやら現世は前世とは異なる世界ではあったが、日本の食材も手に入らないこともないことも分かった。

だから、こんな人生もまたいいのかな、と感じていた。——杏と再会するまでは。

「誠くんはサミュエルって名前なんだね！　しかも見た目も、髪の毛と目の色が茶色になったぐらいで、あんまり変わってなくて嬉しいな」

「あぁ。杏も名前がアンナであんまり変わらないな。それに、相変わらず可愛いな」

「なっ！　……誠くん……そういうとこ全然変わってない」

俺の胸で沢山泣いていた杏は、今はニコニコと嬉しそうに俺の隣に座って、親から離れない雛《ひな》のように、俺から離れようとしない。それにさっきまで泣いていて、次は笑っていたと思いきや、今度は急に顔を真っ赤にして、恥ずかしそうに唇を尖らせている。

そんな、表情がくるくる変わるところがまた杏らしくて、本当に可愛らしくて仕方がない。

つい昔に戻ったように自然と頭を撫でてしまうと、杏はまたビックリしたように体を揺らせた後、杏の頭に乗せていた俺の手を取り、まじまじと見る。

「……誠くんの手だ」

「俺の手?」

「うん。大きくて、皮が固くなっていて……誰よりも優しさに溢れた手」

「火や水ばっかり使っているから、あんまり人に見せられるような綺麗な手じゃないな」

「そんなことない！　この手から、あんなにも人を笑顔にできる料理が作れるんだよ！」

杏の言葉に昔、同じことを俺に向かって言った子のことを思い出す。

『誠くんの手は魔法みたい。この手から、あんなに美味しいものを作れるなんて本当に凄いよ』

俺に訴えるように真剣な瞳をした杏。見た目は黄色い瞳にピンクの髪の毛と、日本人の頃とは全然違うが、目の前にいるのはやっぱり杏なのだ。

自然と、今まで空いていた隙間が埋められるように、心が満たされて歓喜が湧いてくる。

それからも俺たちは、互いの時間を埋めるかのように、今世での生まれ育った環境や、前世のことを話していた。というのも、状況を察してくれたラシェルお嬢様が、２人でよく話し合ってほしいと、時間と場所を与えてくれたのだ。

「……それにしても、聖女、か」

「うん。私もあのゲームのヒロインに生まれ変わるなんてビックリした」

杏の言葉に違和感を覚える。

ゲーム?　ゲームとは何のことを言っているのだろうか。

ポカンとした表情を浮かべた俺に、杏も驚いたように目を丸くし、今度は噴き出すように笑い始めた。

「うそ！　誠くん気がついてないの？　ここ、最後に誠くんに見せたゲームの世界と一緒なんだよ！　ほら、王太子殿下がメインヒーローで……」

「殿下がメインヒーロー？　あぁ！　メグのやっていた乙女ゲームってやつか」

そういえば、そんな記憶もあった気がする。とはいえ、俺にとっては随分昔のことだから、そんなに鮮明には思い出すことはできない。

それに日本とは違う世界だとは思っていたが、まさかゲームの世界だなんて考えつかなかった。だが、それを聞いて納得する部分もある。魔法に精霊に……言われてみて初めて気が付いたが、いかにもゲームや漫画の世界だ。

生まれ育った時から当たり前だったから、前世の記憶が戻ってからも、その辺は違和感を覚えることはなかったな。

何といっても、俺は前世の記憶はあっても、自分はサミュエル・エモニエであるという意識の方が強い。対して杏は、話を聞いた限り、ここに来るまで相当の苦悩があったのだろう。

今はアンナ・キャロルとしての記憶も前世の杏の記憶も、俺のように上手く融合しているようだが、それまでは杏の記憶しか残っていなかったそうだから。

しかも、その後は杏の記憶を徐々に失っていった……。杏はどれほど助けを求めていたのだろうかと思うと、呑気に料理のことしか考えていなかった自分に対して苛立ちしか湧いてこない。

でも、それよりも……まずは。

「杏、よく頑張ったな」

まずは、彼女の頑張りを。一人で戦っていたであろう杏を。彼女の想い全てを全身で受け止めたい。それだけしかなかった。

昔、いつも彼女が泣きそうな時にやっていたように杏の頭を撫でると、杏は大きな目に涙を溜めながら、泣くのを我慢するように唇を噛み締めて何度も何度も首を縦に振った。

「俺しか見てないから我慢するな。……一人にしてごめんな。助けてやれなくて悪かった。……それでも、俺はもう一度お前に会えて嬉しいよ」

杏の頭を抱えるように腕で抱き、自分の肩に杏の頭を乗せる。すると、杏は堰《せき》を切ったようにまた大声で泣き始めた。

俺は杏が泣き止むまでずっと、力一杯に杏を抱きしめていた。今度はもう杏を一人にさせない、絶対に守り抜く、と決意しながら。

◆◇◆◇◆

2人の再会から、今日で2週間が経った。

「ご迷惑をおかけしました」

「ラシェルさん、本当に申し訳ありません」

「いいのよ。それよりも、あなたたちがまた巡り合えて本当によかったわ」

サミュエルとアンナさんは揃って私に向かって頭を下げた。

だが頭を上げた2人は互いの顔を見合わせ、少し照れ臭そうに微笑み合っている。2人はとても穏やかで柔らかい雰囲気に包まれており、アンナさんの瞳は常にサミュエルを追い、幸せそうにキラキラと輝いている。

前世では、互いの気持ちが重なってはいなかったと聞いていたが、サミュエルがアンナさんを見つめるその眼差しは、他の人に向けるそれとは全く異なっていることが分かる。

だからこそ、今世では2人の未来が重なるのではないかと。そう期待せずにはいられない。

「キャロル嬢。今回の経緯については理解した。だとしても、君の訴えは聞き入れられない」

「そう……ですよね」

私の座るソファーの横で、深い溜息を吐きながら苦笑いを浮かべているのは殿下だ。

なぜここに殿下がいるのかというと、ことの発端はアンナさんの発言である。

あの日、アンナさんは、ずっと会いたかったマコトさん……つまりはサミュエルに会えたことで、彼と離れたくないと、教会に帰ることを渋っていた。

だがその辺は、サミュエルがうまく落ち着かせて、彼女は大教会へと渋々……そう、本当に渋々帰っていったのだ。

それでも、一度再会したサミュエルにもう一度会おうとも、彼女は聖女。対するサミュエルは、男爵家の子息といえども、侯爵家お抱えの料理人。立場が違う2人はなかなか会えない。

そのため、アンナさんはアンナさんなりに、様々なことを考えたらしい。だが考え過ぎた結果、とんでもない方向に結論が行きついてしまった。

その結論というのが、『聖女としても一生懸命国に尽くしていくので、将来的に侯爵家で侍女として雇ってくれないか』というものだ。

その手紙を受け取った私は、思わず驚きで倒れそうになってしまったものだ。それでも、アンナさんとサミュエルを応援したい私は、殿下に相談するのが一番だろうと考えた。

事前に手紙で殿下に相談し、殿下とアンナさんの都合のいい日時に我が家で対面する運びとなったのが、ここまでの経緯である。

「キャロル嬢のサミュエルへの気持ちは理解した。だが、サミュエルはどうなんだ」

「俺……ですか」

「お前はキャロル嬢と一緒になりたいという気持ちはあるのか？」

サミュエルは驚いたように目を見開き、アンナさんへと視線を動かした。アンナさんは眉を下げ、不安そうに瞳を揺らしている。

「俺は……後悔していました。杏の気持ちを知っていながら、見ない振りをしていたから。それは、きっと兄という立場でいれば、杏とずっと一緒にいられると思っていたから」

「誠くん……」

「彼女は今も昔も、俺にとって誰よりも特別な女の子なんです。だから、今度こそ……自分に正直になりたい。俺は彼女と一緒になりたいです」

サミュエルは殿下の前でも堂々とした態度で、毅然と言い切った。アンナさんはサミュエルの言葉に感極まった様子で、涙を浮かべてサミュエルだけを見つめている。

対する殿下は、それを真剣な顔で受け止めると、次にアンナさんへと視線を移した。

「君は？　君の決意は？」

「私は……誠くん……あっ、サミュエルさんのことがなくても、自分のしてしまった過ちを振り返って、自分のできる全てをこの国の人たちに返していけたらと思っていました。自分が精霊王から加護を貰ったからには、聖女としてできることをしたいと思っているのも事実です。……それは今でも変わりません。でも……」

「でも？」

「それでも、サミュエルさんとの未来も諦めたくありません！　王太子殿下、私がこんな願いを口にするのは間違っているかもしれませんが……どうか、お願いです。何でもします！　だから、彼と一緒にいさせてください！」

殿下はふう、と深くため息を吐き、顎に手を当て、しばし考え込む素振りをした。

だが、隣に座る私には、殿下のその尊顔《そんがん》が《いいことを考えた》とばかりに綺麗に微笑む様子が見て取れて、思わずギョッとしてしまう。

それに殿下も気付いたのか、私への笑みを深めた後、私の耳元に顔を寄せて、内緒話をするように小さな声で私に声を掛けた。

「大丈夫。悪いようにはしない。むしろ、これで陛下の条件をひとつクリアできそうだからね」

「陛下の条件……ですか？」

首を捻《ひね》る私をよそに、殿下はアンナさんとサミュエルへと視線を向けた。２人は、姿勢を正して殿下の発言を待っている。

「キャロル嬢、君はサミュエルと一緒になれるなら何でもやると言ったね。それに嘘はないか」

「はい、ありません」

「その決意が本物であることは分かった。ならば、2人のことは私が協力しよう」

「ほ、本当ですか！　あ、ありがとうございます」

「もちろん。だが、先ほどキャロル嬢が言ったマルセル侯爵家の侍女になりたいという希望は、聞かなかったことにするよ。それと、君たちにも協力してもらわなければいけないことがある」

「何でも！　何でもします！」

嬉しそうに互いの顔を見合わせたアンナさんとサミュエルは、殿下の言葉に何度も感謝の言葉を重ねた。アンナさんは頬をピンクに染めて、全身から喜びが溢れている。

「まずは、陛下が君にいかなる条件を出そうとも、受けることはしないように。それから、陛下に君とサミュエルの関係を知られると厄介だ。会う場は、侯爵邸のみにしてほしい」

「……はい」

「落ち込む気持ちは分かるが、長い将来に繋がる一時の我慢と思って耐えてくれ。いいか、君の聖女という立場を利用しようとする者は多くいるだろう。陛下だって君が王家に嫁ぐことを諦めたわけではない」

殿下は厳しい発言をした後、2人に穏やかな笑みを向けた。

「それでも、君たちの絆が強いことは私にも見て取れる。だからこそ、約束する。君たちの願いが叶えられるよう、私が最善を尽くすことを」

「殿下……本当に何と申し上げていいのか……」

「よい。その代わり、また私にも美味しい料理を作ってくれ」

「は、はい！　ありがとうございます」

サミュエルは大きな体をビシッと正し、殿下に深く頭を下げた。

アンナさんも「ありがとうございます」と頭を下げた後、私に嬉しそうな笑みを見せた。

2人を見ていると、困難は多いだろうけどきっと幸せな未来が待っているだろうと、そう確信してしまう。前世から繋がった赤い糸はきっととても丈夫で、少しのことでは切れることはない。そう感じてしまうからだ。

殿下の配慮で、少しでも一緒の時間を過ごせるようにと、アンナさんとサミュエルは別室へと向かい、2人が退室した部屋には、私と殿下だけが残った。

私と殿下は変わらずソファーに横並びに座り、柔らかな沈黙が流れている。

殿下は一度深呼吸をし、私の頭を殿下の肩に乗せるように引き寄せた。

近くなった殿下との距離に思わずドキッとする。殿下を見上げる形で顔を上げると、殿下は眉を下げて困ったように笑った。

「あの2人の純粋な気持ちさえ利用する私を軽蔑したか？」

――軽蔑？　そんなはずはない。

陛下は未だアンナさんと殿下の婚姻を望んでいるのだろう。そこに、先ほどの含みを持った殿下の物言いから考えると、陛下と何らかの取引をしたのではないか。――そう、私との婚姻の条件として。

その一つが、もしかすると聖女に関することなのだろう。だからこそ殿下は、アンナさんが絶対に裏切ることがないという確信を持つ必要があったのかもしれない。

そして、サミュエルを心から想うアンナさんを見て、殿下は利害が一致したと感じたのではないだろうか。

だが、今の様子を見ると、それだけではない気もする。以前の殿下であれば、彼らの気持ちなど一切考えることはなかっただろう。

それが、純粋な想いであると認め、２人に寄り添おうとする意思を滲ませる殿下もまた、以前の殿下ではないのだと実感できる。

「いいえ、軽蔑などしません。先ほどの殿下の答えは、アンナさんとサミュエルに希望を与えました。そして、殿下であればきっと叶えてくれるだろうという信頼も。だからこそ、殿下の真意は別として、彼らに対してもそれが最善であったと思います」

「……そうか」

「殿下は約束を反故にするおつもりはないのでしょう？」

「もちろんだ」

「では、軽蔑する理由などありません」

そう告げると、殿下は安心したようだ。

そんな殿下に、私は気がかりな点が一つあった。今日会った時から殿下はにこやかな微笑みを浮かべてはいるが、相当疲れが顔に滲んでいる。

殿下の顔を覗き込むように見る私に、殿下は不思議そうにこちらを見た。

「殿下、お疲れなのでしょう？」

「確かに眠る時間は少ないが……でも、ラシェルの顔を見ただけで、私はどんなことだってできそうなぐらい元気になれるよ」

「ふふっ、そうは言っても、お顔の色が優れません。今日はもう時間がありませんか？」

「いや、あと2時間は余裕があるが……うわっ」

殿下の肩を私の方へと倒すと、殿下はそのまま体勢を崩して、私の膝にポスンと頭を倒れ込ませた。驚いた様子の殿下は、頬を赤らめてソワソワと落ち着かないように視線を揺らせた。

その時の私は、恥ずかしさよりも、殿下の体調への心配が勝った。少しでもいいから休んでほしい。その一心で、後から考えれば、恥ずかしくて耐えられない行動がとれたのだと思う。

「殿下、今は寝てください」

「だが、この体勢は……」

「大丈夫ですから、少しでも休んでください」

未だ殿下にしては珍しくオロオロと視線を彷徨わせ、何を言おうか悩むように口を開け閉めしている。そんな殿下に対して、有無を言わせず言葉を被せる。

「シリルが迎えに来る頃には起こしますから」

金色に輝く柔らかい髪を優しく撫でながら告げると、殿下は覚悟を決めたように目を瞑る。するとと、よほど疲れていたのであろう、恥ずかしそうに眉間によっていた皺がゆっくりと和らいでいく。そして、数分後には寝息を漏らし始めた。

初めて見る殿下の寝顔に、自然と頬が緩む。

殿下が寝たと分かっているのに、殿下の髪を撫でていた手を止めることができない。

「おやすみなさい、殿下」

柔らかい顔で寝ている殿下が、いい夢を見ますように。そう願いながら小さく呟いた私の声だけが、静かな部屋に響いた。

◆◇◆◇◆

窓から差し込む西日の眩しさに、意識が浮上し目を開ける。すると、私の視界にはソファーに体を預ける形で目を閉じているラシェルの姿があった。

ラシェルを起こさないように、彼女の膝から静かに体を起こして体勢を整えると、胸元から懐中時計を取り出す。

時間を確認すると、1時間ほど眠っていたらしい。自分でも驚くぐらいに熟睡していたようで、体も軽くなった気がする。

それだけ疲れていたのかもしれないが、それより安心感というのだろうか。こんなにも穏やかな目覚めは経験がない。

——きっと、ラシェルのお陰なのだろうな。

ソファーの背もたれに肘をついて、彼女の寝顔を眺めるだけで、胸に温かな風が吹き抜ける。寝顔は何度か眺めたことがあるが……それでも、いつまでも見ていたくなるほど可愛らしい。

起きている時にコロコロと変わる表情も可愛いが、今のように猫のような瞳を閉じて安心しきった表情も、それはそれで愛しさがとめどなく溢れる。

思わず身を乗り出して、彼女の瞼に唇を優しく落とす。普段であれば、真っ赤になって慌てるラシェルも、今は静かに眠るだけ。

――やっぱり、このまま城に持ち帰りたいな。

彼女の顔を覗き込むと、愛しさと同時に、一分一秒でも離れ難い思いが沸き上がる。彼女と結婚したら、毎日この寝顔を側で見られると思うと、近くて遠い未来を待ちわびてしまう。

その時、ラシェルの眉間に皺が寄り、彼女の口から「ん……」と声が漏れる。

「おはよう、ラシェル」

ラシェルは、眩しそうに目を何度もパチパチと開け閉めした後、瞳が左右に揺れて徐々に視点が定まったのか、私の方に視線を向けた。

「で、殿下。申し訳ありません……。起こすと言っておきながら、私まで寝てしまうとは」

「いいんだ。よく寝られたよ。ありがとう」

「……いえ。殿下が少しでも休めたのならよかったです」

眠ってしまったことが恥ずかしかったのか、ラシェルは薄っすらと頬を染める。そして私の言葉に嬉しそうに目を細めて優しい笑みを浮かべた。

そんな可愛らしい顔を向けられると、我慢していた感情を抑えることができなくなりそうだ。

「ラシェル、このまま一緒に暮らそうか」

「で、殿下……何を仰るのですか」

「順調にことが進んで、ラシェルが卒業してからの準備期間を1年と考えると……最短でもあと2年か。それまでラシェルを連れ去らないか自分が心配だよ」

「またそのようなことを」

軽口のような口調で言っているが、今の言葉は間違いなく私の本心だ。それでも冗談と受け取ったラシェルは、唇に手を当ててクスクスと笑みを溢す。

「いいよ、今は冗談と受け取っても。……でも、ラシェルもちゃんと覚悟しておいて」

「覚悟？　何のでしょうか？」

「私に愛される覚悟」

「なっ……」

ラシェルの瞳を射貫くように熱い視線を向けると、ラシェルは可愛らしく頬を真っ赤に染める。そして両手を頬に当てて顔を隠すように俯くが、その表情も可愛らしいだけだと気がついていないのは本人だけなのだろうな。

そんなラシェルを愛でていると、ふと俯いたラシェルの表情が暗くなるのを感じる。

「どうかした？」

「……いえ、殿下とのそんな未来が……本当に来るといいな、と」

「ラシェル。大丈夫だよ、きっと上手くいく。そのために、君も頑張ってくれているのだから」

不安がないといえば嘘になる。それでも、その未来を私は願うのではなく、叶えるのだという決意がある。

だからこそ、ラシェルを安心させるように微笑む。するとラシェルは嬉しそうに目を細めて一度頷いた後、私の方へと強い視線を向けた。

「殿下。実は、お願いがあります」

「君の願いは何でも叶えてあげたいけど、どんな内容かな？」

「……はい。あの、もう一度……もう一度ブスケ領とミリシエ領の間の森に行きたいのです」

「あの森？　何かありそうなのか？」

「はい。もしかすると私の魔力が失われた原因に繋がるものが、あの森にあるのではないかと……そう感じて。だからこそ、もう一度行く必要があると思うのです。何かに呼ばれている……そんな気がして」

――呼ばれている、か。

確かにあそこは、この国にも数か所ある神秘の森と呼ばれる森の一つだ。精霊による何らかの干渉があると考えて間違いないだろう。

だが、もう一度行くとなると……シャントルイユ修道院やヒギンズ家の問題などを全て片付けてからがいいだろう。

今回はラシェルが無事に戻ってこられたとはいえ、危険に晒《さら》されたのは事実なのだ。

――もう二度とそのような事態を起こしてはならない。

それに、ラシェルがあの森に行くことの、それ相応の理由付けも必要だ。

「なるほど。そこまでラシェルが言うのなら、そうなのだろう」

ラシェルがここまで確信を持っているのなら、あの場所には本当に何かがあるのかもしれない。

「……となると、テオドールを同行させるか」

「テオドール様ですか？　……な、なぜ」

ポツリと呟いた声に、ラシェルは肩を揺らせて驚愕したように私を見た。それに驚いたのは私の方で、なぜラシェルがそうまでテオドールに反応するのかが分からない。

「テオドール様はお忙しいのでは……」

「魔力や精霊に関しては、テオドールが適任だろう。それに、元々魔術師団の仕事で、近いうちにテオドールをブスケ領の方に向かわせる予定だったんだ」

「……そうなのですね。あの、テオドール様が一緒であれば、とても心強いです」

「でも、まずは王都でゆっくりすること。それともう一つ大事なことがあるよ。卒業パーティーに私と一緒に参加すること。それが先だよ」

私の言葉に、ラシェルはキョトンとした顔をこちらに向けた。どうやら、3学年である私がもうすぐ卒業を迎えることに気がつかなかった、という反応だな。

まぁ、ラシェルはこのところ、色んなことがあったのだから、卒業の時期を失念していても仕方がない。

とはいえ、もう学園で一緒に過ごすことができなくなることを寂しく感じている自分としては、若干切ない気もしなくもない。

「あの、忘れていたわけでは……」

「いいよ、分かっている。その代わり、一緒に出席してくれるね？」

「私が公に殿下の婚約者として行動しても大丈夫なのでしょうか？」

「陛下のことか？　それなら大丈夫だよ。ラシェルをそのまま婚約者とすることに同意は得ているからね」

期限があることは、とりあえずは伏せた方がいいだろう。

今はラシェルにあまり負担をかけ過ぎたくはない。それよりも、少しでもラシェルと一緒にいたい。そして学生最後の思い出を一緒に作りたいという気持ちが大きかった。

「では、よろしくお願いします」

私の気持ちを知ってか知らずか、ラシェルは顔を綻ばせて私に向かって笑う。その笑顔に私がどれほど勇気づけられているか、ラシェルは知らないだろう。

それでもいい。その笑顔を増やして守ること。それができる自分でありたいと思うことこそが、何よりも力をくれるのだから。

◆◇◆◇◆

殿下の卒業パーティーの日がきた。

私は青いドレスに着替えて、先に到着していた殿下と合流するために学園へと向かった。

生徒会長である殿下は、控室でパーティーの流れを生徒会メンバーと最終チェックをした後に、新生徒会メンバーである1、2年生に指示を出しているところらしい。

生徒会メンバーであるアボットさんが私に気がついて、手を振ってくれた。私も手を振り返すと、アボットさんは殿下の方をチラリと見て、少し考え込んだ後、《もう少し待っていて》とジェスチャーで知らせてくれた。

あと少しで準備が終わるということだろう。アボットさんに、大丈夫よ、という気持ちを込めて頷くと、私は準備の邪魔にならないように部屋の隅に立った。

殿下の様子をそこから眺めていると、説明が終わったのか、顔を上げた殿下と視線が合う。

殿下の目がとても優しく細められ、それと共に口の動きが私の名を呟くのが見て取れた。隣に立っていたシリルに一言声を掛けた後、殿下は私の方へと歩みを進めた。

「とても似合っているよ」

「ありがとうございます。殿下も……とても素敵です」

「ありがとう。ラシェルにそう言ってもらえて嬉しいよ。では、そろそろホールに向かおうか。既に生徒会以外の3学年の生徒たちは全員入場が済んでいる」

「はい。……あっ、でもその前に」

「どうかした？」

「殿下、ご卒業おめでとうございます」

ドレスの裾を摘み、殿下に向けて礼をすると、頭上から「あぁ、ありがとう」と柔らかい声が掛けられる。その声に顔を上げると、殿下は自分の腕を私に差し出した。

「さぁ、行こうか」

その声と共に、私は殿下の隣に並び立ち、ホールへと向かった。控室から廊下を並んで歩いていると、殿下は「もうここを歩くこともなくなるのか」とポツリと呟いた。

「学園生活はあっという間だったように思うよ。本当のことを言うと、入学する時に私は、学園にあまり興味を持っていなかったんだ」

「そうなのですか？」

「あぁ。勉学は家庭教師から習うことができるし、時間が勿体ないとさえ感じていた」

「今は違う、ということですね」

「そうだな。同年代の者と机を並べ、議論を重ね、時にふざけ合う。教師の癖を友人と真似したり、食堂のランチを賭けて勝負したり。ここでしか得られない経験を、私はできたのだろう」

確かに私も、幼い頃から家庭教師より教えを受けていた。だが、同年代の子とこんなにも毎日顔を合わせるという経験はない。王太子であればなおさらそうだろう。

特にこの学園には、貴族はもちろん、少人数とはいえ平民も通っている。そういった家柄、能力、立場もバラバラの者たちが集まっているのが、この学園という場所だ。

考えたことはなかったが、言われてみると、貴重な経験と言えるだろう。

「それに、ラシェルとの思い出も学園の中には沢山あるからね。窓から見かけて追いかけたり、屋上庭園で過ごしたり。きっと、何年たっても何度でも思い出す気がするよ」

「……寂しいですね」

「そうだな。だから、ラシェルもあと1年、君にとってかけがえのない学園生活を送れるよう願っているよ」

「ありがとうございます」

殿下は懐かしむように周囲を見渡したあと、私に優しく微笑んだ。

そして、殿下と会話をしているうちに、ホールの入り口に着く。大きな扉が開かれると、生徒や教師、そして保護者などの招待客たちが大きな拍手で迎え入れてくれた。

それに微笑みで答えながら、殿下と共に中央へと進む。同時に殿下の表情をそっと窺い見ると、そこには先ほどまでのしんみりとした表情ではなく、晴れ晴れとした凛々しい姿があった。

——卒業、か。以前の私は卒業する前に死んだ。だから、今学園を去ろうとする3学年の生徒や殿下の気持ちは分からない。

それでも、今の殿下を見ていると、寂しさもあるけれど、きっと誇らしさもあるのかもしれない。それに、未来への期待も。

——私はどんな卒業を迎えるのかしら。まだ見ぬ未来への希望を抱いていられるのかしら。

殿下の横顔を眺めながら、そんな思いが頭を過《よぎ》った。

その後のパーティーは和やかに進んだ。殿下やエルネストに誘われてダンスをしたり、招待客に殿下と共に挨拶をしたり。

そんな中で、シリルにも誘われてダンスを踊った。

「シリルと踊るのは初めてね」

「そうですね。嫉妬深い誰かが、今も器用に笑いながら睨みをきかせていますからね。これが最初で最後にならなければいいのですが……」

「シリルは殿下の側にいるのだもの。機会はいくらでもあると思うわ」

「えぇ、今後もお側におります。そしてあなたも」

「そうあればいいと思うわ」

「そうでなければいけません。殿下の隣にはラシェル嬢がいなくては。……私はあなたに感謝しているのです」

——感謝？　何のことだろうか。

シリルは私が不思議そうな顔をしたのに気付いたのか、視線を和らげた。

「殿下は知っての通り、優秀ですが、人として欠落している部分がある。為政者としてはいいでしょう。だけど、乳兄弟としてはもどかしい思いがありました。ですが、最近の殿下は……どこか冷めた諦めた表情をしなくなりました。楽しそうで、生き生きとして……」

シリルの顔は、普段殿下の隣で姿勢正しく立っている時とは違い、優しい顔をしている。いかにシリルにとって、殿下という存在が大きいかを物語っている。

微笑ましい気持ちでシリルの顔を眺めていると、その視線に気がついたのか、シリルが途端に恥ずかしそうに目を逸らす。

「まぁ、無理難題を吹っかけてくることも増えましたが」

「それは、ごめんなさい」

「……ラシェル嬢。私は引き続き殿下を支えていきます。だから、ラシェル嬢、どうか殿下のことをよろしくお願いします」

「殿下はとても素晴らしい友人をお持ちね。えぇ、シリル。もちろんよ。殿下を支える同志として、今後ともよろしくお願いします」

私の言葉に、シリルは頬を緩めて「はい、こちらこそ」と頷いた。

曲が終わると、シリルは私の手を取り、殿下の元へと連れ立って歩いていく。殿下はシリルから離した私の手を取ると、不満げな表情でシリルに視線を向けた。

「何を話していたんだ？　随分楽しそうだったが」

「それは……ラシェル嬢と私の秘密です。同志ですからね。そうでしょう？　ラシェル嬢」

「え？　……そう、ね」

「さぁ、殿下。どうぞ存分に悩んでください。私からの卒業祝いということで」

「そんなものはいらない！」

わざと怒ったような殿下の態度に、私は思わず肩を揺らして、笑いが堪《こら》えられなくなる。そんな私の姿に、殿下はこちらを見ると、優しい瞳を向けてくれた。

穏やかな時間が私の周囲を包み込み、笑みの絶えない時間が過ぎていった。

そして、この卒業パーティーから1週間後、私はまたミリシエ領へと向かったのだった。

5章　テオドールの過去

ミリシエ領とブスケ領の間の森。本来であれば、前回ブスケ領を訪問した帰り道に時間をとって探索する予定であった。だが、それが叶わなかったため、今回はミリシエ領主館に着いた翌日である今日、この森へと向かうことに決めた。

前回と同様、レオニー様とロジェが私の護衛として同行してくれている。

「レオニー様、何度も付き合ってくださってありがとうございます。レオニー様とロジェには迷惑ばかりかけてしまって、本当に申し訳ありません」

「気にしないでください。前回は旅の途中であんなことになってしまい、こちらこそ申し訳ありません」

「そんな！　レオニー様に謝っていただくことなど何もありません！」

「では、僕もロジェも、あなたに謝ってほしいとは思っておりません。だから、そんな悲しそうな顔をしないで。あなたには笑顔が似合いますよ」

道中、馬車で同乗しているレオニー様に対して頭を下げようとすると、レオニー様は優しく私の肩を抑えて、微笑みながら首を横に振った。

「ありがとうございます」

「それから、黒猫ちゃん」

『ニャ』

「君は、もう急に脱走したら駄目だよ。ラシェル嬢が心配してしまうからね」

『ニャー』

レオニー様は私の言葉にニッコリと笑い頷くと、視線を私の膝の上にいたクロへと向けた。クロはレオニー様の言葉に、分かったと言わんばかりに明るい声で鳴く。

クロは王都の館で再び姿を現してからというもの、また私の側にずっといるようになった。

森の中で起きたあの不思議な体験について、クロに尋ねたりもしたが、その質問には答えないとばかりに顔を背けられてしまった。

そんなクロは、森に近づくにつれて、また嬉しそうに窓の外を眺めたり、私の足元をグルグル回ったりと、忙しなく動き回っている。

「そういえば、テオドール様はブスケ領に滞在しているのですよね？」

「ええ、そうですよ。昨日連絡が来て、ブスケ領の用事は落ち着いたから、今日の森探索に合流すると手紙に書いてありましたよ」

「……そうなのですね」

テオドール様とは、私が王都に帰ってからも、未だ顔を合わせていない。

早く会って色々と聞いてみたい気もするし、何を聞くべきなのかを計りかねているのもまた事実だ。思いのほか沈んだ声だったのか、レオニー様が不思議そうな顔をした。

「テオドールと何かありましたか？」

「いえ……そんなことは」

「そうですか。杞憂ならいいのです。浮かない顔をしていましたから」

「あの、レオニー様はテオドール様と仲がいいのですか？」

「そうですね。まぁ、従兄弟ですから、顔を合わせる機会は多いですよ。あぁ、でもそうだな。10年ぐらい前……テオドールが12歳の頃から数年は会ってないか」

レオニー様は少し考えると、ふと思い出したといった様子で独り言のように呟く。

「僕が15歳の頃ですかね。まぁ、テオドールの反抗期ってところですよ。引き籠《こも》っちゃって、誰とも話そうとしない時期がありまして」

「テオドール様が？　意外ですね」

「僕も軟弱だからだと思って、部屋から無理やり引きずり出して鍛錬に付き合わせようと思ったんですけどね。ほら、兄弟とか仲間とかは、大体のことは拳《こぶし》で分かり合えるでしょう？」

「こ、拳？　いえ、それは……」

拳で分かり合うとはどういうことなのか。想像もつかない私は、思わず顔が引きつっていたのであろう。それに気がついたレオニー様が、「それは我が家や騎士団の話でしたね。お耳汚し失礼しました」と、心底悔いた表情をして眉を下げた。

「いえ、お気になさらず。あの、それで……」

「あぁ。テオドールは無駄に魔力が強くて、魔術を使われたら、さすがに太刀打ちできませんから。それに、カミュ家は仲がいいけど放任なところがあって、叔母……テオドールの母からも放っておけばいいと言われたので。であればいいか、と。数年ほどすっかり忘れておりました」

「ま、まぁ。そうなのですね」

「で、数年ぶりに会ったら、以前のように。いや、以前よりもさらに癖の強い従弟になっていた。というところですね」

すっかり忘れていた……。レオニー様の口ぶりからすると、本当に忘れていたのであろう。

それにしても、あのテオドール様が引き籠るとは、私にはとても想像がつかない。

だが、10年も前の話だ。様々な経験を経て、今のテオドール様がいるのだろう。

「あぁ、そんな話をしているうちに着きましたね。噂をすれば、テオドールもいますよ」

『ニャー！』

「黒猫ちゃんはテオドールが好きなんだね」

『ニャ』

レオニー様の言葉で窓の外を覗く。

道の少し先にテオドール様が、乗ってきたのであろう馬の手綱を握りながら立っていた。

ゆっくりと馬車の速度が落ちて、静かに止まると共に、レオニー様が先に降りようと馬車のドアへと手を伸ばす。だがレオニー様は少し考えるように手を伸ばした手を止めると、私のほうへ体を向けて「先ほどのことですが……」と前置きをした。

「テオドールはつかみどころがないし、人をからかうことが好きだし、適当な奴です」

「……えぇ、そうですね。でも、テオドール様は仲間思いで精霊を大切にしていて、とても優しい方ですよね」

そう。確かにテオドール様は強力な魔力を持ち、それを操る。それに急に現れたかと思うと、ふらっといなくなることも多くて、つかみどころがない。

それでも、私がクロと契約したばかりで魔力コントロールが上手くできなかった時も、丁寧に何度も根気よく付き合ってくれた。

それにクロを見る瞳はとても優しくて、クロが誰よりも懐いているところを見ると、本当に優しい方なのだと分かる。

私の言葉にレオニー様はほっと胸を撫で下ろすかのように、にっこりと笑った。

「それならよかった。あなたはテオドールの大事なお姫様ですからね」

「え？」

「いえ、何でも。さぁ、探索に行きましょうか」

小さく呟くレオニー様の言葉が微かに耳に届き、聞き返すが、レオニー様は微笑みを浮かべたまま首を振る。そしてそのままサッと馬車を降り、私に手を差し出した。

対する私は疑問が残りながらも、レオニー様の差し出す手を借りて馬車を降りる。草の上に足を下ろすと、前回も感じたような穏やかな風が、私を包み込むのを感じる。

春の爽やかな風や森の空気を全身に入れるように、目を閉じて深呼吸をする。

「ラシェル嬢、久しぶりだな」

ゆっくりと目を開け、声を掛けられたほうへと体を向ける。そこには、ローブを纏い、一つに纏めた長い銀髪をフワッと風になびかせた、テオドール様の姿があった。

「お久しぶりです、テオドール様。お忙しいところありがとうございます」

私の言葉にテオドール様は優しく目を細める。だが、すかさず、馬車から降りたクロが『ニャー』と鳴きながらテオドール様に駆け寄り、右足に体を擦り付けた。

テオドール様もそれに応えるようにクロを抱き上げると「黒猫ちゃんも久しぶり」とクロの

目を見ながら話しかけている。

「あの、以前にブスケ領で倒れた私を屋敷まで運んでくださったのはテオドール様だったのですよね。遅くなりましたが、本当にありがとうございます」

「気にするな。それより、王都でしっかり休めたようだな。よかったよ」

テオドール様はクロを片手で抱きながら、もう片方の手を私の頭に乗せて、ポンポンと優しく撫でた。

「……テオドール様って、私を子供のように扱いますよね」

「そうか？」

「ほら、今も。子供をあやすみたいに……」

「あぁ、悪かった。そういうつもりじゃない。ラシェル嬢が頑張っている姿を見るとさ、つい『よくやってるな』って励ましたくなるんだよ」

——よくやってるって……やっぱり子供に対してみたい。

私の納得してない顔に、テオドール様は愉快そうに笑みを溢す。

「まぁ、あんまり気にするな。さぁてと、そろそろ探索を始めるか」

「はい。よろしくお願いします」

テオドール様はロジェとレオニー様が準備を終えたことを横目で確認し、クロを地面へ下ろす。両手を組んで上へと持ち上げてグッと伸びをしながら、全員に向けて出発を告げた。

森に詳しいレオニー様を先頭に、私とテオドール様が隣り合い、最後尾にロジェという並びで進んだ。前回来た時は枯葉も多かったが、今は季節も変わり、花の蕾《つぼみ》も多く、穏やかで過ごしやすい気候で探索もしやすい。


「やっぱり、向こう側にはいけないのですね」

探索を始めてから2時間。やはり以前レオニー様が教えてくれた通り、森の奥の一角には辿り着かない。何かに阻まれるように道が変わってしまうのだ。

テオドール様はこの森の中で、より自然が豊かで花々が綺麗に咲き誇る場所を指さした。

「あそこはきっと精霊が守る何かがあるのかもしれないな」

「精霊が？」

「神秘の森と呼ばれる森にはよくあることだ。精霊が住まう森や精霊が大切にしている森、そして、隠したい何かがある地。そこに人間が入ることは通常できない。だから、人は入ることのできないその場所を《精霊の地》と呼ぶ」

真っ直ぐ進んでいるように見えて、道が変わっていたのは精霊の力、ということか。

「テオドール様の言葉によると……ここには、精霊がそうまでして守る何かがある。……そういうことですよね」

「そうだな……あれ？　ってことは」

テオドール様はふと何かに気がついたように、手を顎に当てて考え込む。そして、すぐにハッとしたように、私とテオドール様の間に立っていたクロへと視線を移す。

「ラシェル嬢、黒猫ちゃんは前にこの森ではぐれたらしいな」

「クロですか？　はい。急に走り去ってしまって」

「とすると、この黒猫ちゃんは入り口を知っている可能性があるな」

「入り口？」

クロへと視線を向けると、クロは不思議そうな顔で私とテオドール様を順に見た。

「こういった森には、入り口……つまり、精霊の地の内側に入るための玄関があるとされている。精霊たちはそこを通るんだ。だが、全ての精霊が入れるわけではない。俺たちの家と同様に、精霊の地ごとに入れる精霊は、鍵……つまりは魔力がその地に受け入れられるかどうかで決まる」

「つまり、クロが精霊の地に入ったとすると、クロはその場所に入る権利がある――限られた精霊、ということですね」

私とテオドール様から視線を向けられたクロは、『ニャ！』と驚くように鳴いた。その視線から逃れるように、後ろから護衛していたロジェの後ろに隠れた。

「さすがに教えてくれない、か」

クロの様子を見て、テオドール様は肩を竦めてみせた。

「でも、限られた精霊しか入れないとなると、私も入ることはできないですよね」

「まぁ、通常は。でも、ラシェル嬢はなぜここに何かがあると確信したんだ？」

テオドール様のその質問に、何と答えるべきか考え込む。実はここで一度死んで……なんて言えるはずもない。だが、こんなにも協力してくれているテオドール様に、全てを秘密にしておく方が失礼な気もする。

「えっと、実は……。私、意識を失っている間に夢を見たのです。いえ、夢というより……実際にその場にいたと思っていたのですが」

「それで？」

「えぇ。その夢の間に、精霊の地に入っていたのです」

「国中に数か所ある精霊の地の中で、なぜここだと分かった？」

「……一度来たことがあるので。それに、この森ではぐれたはずのクロが現れて、私を案内してくれました」

さすがに、テオドール様に伝えられるのはここまでだろう。その後の話をすることは、過去の出来事も話すことになってしまう。

テオドール様も、ロジェやレオニー様も、私が一度死んだことなど知らないのだから。

だが、私の話を聞いたテオドール様は「へぇ」と興味深そうに腕組みしながら相槌を打った。

「それは本当に夢じゃないのかもな。精霊が何らかの働きかけをして、その場にラシェル嬢を呼んだのかもしれない」

「精霊が……。でもなぜ？」

「それは分からない。だけど、これで分かった。きっとラシェル嬢はあっちに入ることができるよ」

「本当ですか！」

「だけど、そのためには入り口を見つける必要がある。きっと黒猫ちゃんの様子からすると、ヒントは与えてくれないだろうな。自力で見つけろ、ということだろう」

入り口を見つける——でも、どうしたらいいのだろうか。

思わずクロに乞うように見つめるが、クロはプイッと顔を背けてしまった。

そんな私たちのやり取りに、テオドール様はおかしそうに笑い、「まぁまぁ」となだめるように私に声を掛けた。

「数日はかかると思うけど、森の中で黒猫ちゃんの魔力が変化する場所を探してみよう」

「私に分かるでしょうか……」

「どうだろうな。でも、他に方法はないよ？　諦める？」

弱気な発言をした私に対して、テオドール様は微笑みを浮かべたまま鋭い視線を向けた。

「いいえ、諦めません」

「よし。だったら隅々までこの森を調べよう」

私の返答にテオドール様は、視線を穏やかなものへと変えて、ひとつ頷く。

そしてテオドール様は、ロジェのほうへと体の向きを変えて「ロジェ、この森の地図を出して」と声を掛けた。すかさずロジェは鞄の中から地図を出すと、その場に広げる。

レオニー様も加わり、時間を確認しながら、今日一日で回る場所を決め直しているようだ。

私もその輪に加わろうとすると、『ニャー』と足元にクロがやってきたのがわかり、しゃがみ込む。クロはどこか居心地悪そうに弱々しい声で鳴く。

そんなクロを励ますように頭を撫でると、クロは嬉しそうに私の手に頭を擦り付けた。

「クロ、大丈夫よ。あなたにも色々と事情があるのよね。これは私が見つけ出さないといけないことだって分かっているわ。だから、気にしなくてもいいのよ」

『ニャー』

どうやらクロは、この中の誰よりも様々なことを知っているらしい。それでも、その答えを私に伝えることはできないようだ。

そして、そのことに罪悪感があることも、クロの様子から窺える。

安心させるようにクロの頭を撫でると、クロは満足したのか、私の手から離れてテオドール様のほうへと行った。

「結局テオドール様のほうに行ってしまうなんて……。本当にクロは調子がいいんだから」

クロの様子に、思わず頬が緩んでしまう。

その時、サァーっと風が吹き抜け、私の髪を揺らす。それは精霊の地の方角から流れてきた風である。まさに、私がこれから行おうとしていることを監視し、応えるかのようであった。


そして、数時間の探索の末、今日は入り口を見つけられなかった。

だが、まだまだこれからだと自分を鼓舞《こぶ》する。

また、今回の旅でもしばらくはミリシエ領主館にお世話になるのだが、前回と同様にミリシエ家の方々には、本当によくしていただいている。

なにより、この領主館の一角には、窓や天井がガラス張りとなった星見ができる場所がある。

そこにはゆったりとできるソファーが置いており、寝る前に眺めると心が安らぐのだ。客間が並ぶ部屋の端に位置することから、来客用に準備してあるのだろう。

「今日は見つからなくて残念だったな」

「テオドール様……。いえ、すぐに見つからなくても、必ず見つけてみせます」

「そうだな。今日は疲れただろう。お疲れ様」

「はい。テオドール様もありがとうございます」


その場所で、今日もまたお茶を飲みながらゆっくりしていると、テオドール様がワインの瓶とグラスを手に持ち、やってきた。

「もしよろしければ、ご一緒しませんか？　テオドール様も星を眺めにいらしたのでしょう？」

「バレていたか」

「ワインとグラスを見れば、誰でも見当がつきます」

「じゃあ、お言葉に甘えて」

私の言葉に、テオドール様は向かいのソファーに座り、グラスに赤ワインを注ぐ。香りを楽しむように鼻をグラスに近づけ、一口飲んだ。

グラスから口を離したテオドール様は、ニヤリと笑うと、いつもの飄々《ひょうひょう》とした様子で私をジッと見た。

「いいよ。何でも答えてあげるよ」

「え？　私、何か口にしていましたか？」

「いや、今日会った時から、ずっと何か聞きたそうにしていたから」

テオドール様の言葉に、思わず自分の唇に手を添える。

貴族令嬢として普段から、考えていることはあまり顔に出ないようにしているつもりだが、テオドール様にはあっさりと見抜かれていたようだ。

何でも答えてくれると言ったテオドール様の言葉は、きっと本当なのだろう。であれば、最近ずっと気になっていたことを聞くいいチャンスなのかもしれない。

何と聞くべきなのかと、視線を彷徨わせたあと、ゆっくりと口を開く。

「テオドール様と初めてお会いしたのは、殿下から紹介された時ですよね」

「なんで？」

「いえ……。何か私が忘れていることでもあるのかと思いまして」

私の言葉はテオドール様には意外だったのだろう。

ワイングラスを持つ手がピクッと僅かに揺れた。テオドール様はグラスをそのままテーブルに置くと、顎に手を当てて、少し考える素振りをしている。

──質問を間違えてしまったかしら。

沈黙の気まずさに、慌てて弁明しようと「あっ、でも大丈夫です。変なことをお聞きして申し訳ありません」と口にすると、テオドール様は首を横に振る。

「いいよ。何でも答えるって約束したからな」

テオドール様はソファーに深く座り直して、「そうだな」と前置きをする。

「さっきの質問の答え……初めて俺とラシェル嬢が会ったのは、君とルイが婚約した後じゃない。その前に会っているよ」

殿下と婚約した14歳の頃、親しい友人として殿下から紹介されたのが初対面だと思っていた
——違う？　では、どこで会ったのだろうか。

全く記憶になく、戸惑いの色を浮かべていたのだろう。私の様子にテオドール様は微笑む。

「ラシェル嬢が忘れてしまっているのも仕方ない。君はまだ幼かったからね」

「……あの、どこでお会いしたのでしょうか」

「俺の家だよ。君の亡くなったおばあ様と俺の祖母はとても仲がよくてね。幼い時の君は、時々カミュ家に一緒に来ていたんだ」

そういえば……8歳の時に亡くなった祖母と、どこかの屋敷をよく訪問していた記憶がある。

それがカミュ侯爵邸だったとは。

確か祖母たちの話が長くて、退屈そうな顔をしていたのであろう。庭園を自由に散歩していいと許されて、よく庭園で遊んでいた覚えがある。

そうだ。今まで忘れていたが、そこで誰かと遊んでいた。あまりにも朧気《おぼろげ》で、誰と遊んでいたのか、どんな話をしたかなどは全く覚えてはいないが。

「微かに覚えているような……」

「君は随分と可愛らしい女の子だったよ。……そうそう、俺に魔術を教えてやるって自信満々に言っていたこともあったな」

「そんな！　テオドール様にそのようなことを⁉」

考えるだけで顔から火が出そう。天才魔術師に魔術を教えるだなんて。

穴があったら入りたいとは、まさに今の状態だろう。

だがテオドール様は、なにかを懐かしむように夜空を優しい顔で見つめていた。

「他にも色々教えてくれたけど、聞きたい？」

「……いえ、やめておきます」

過去の自分がテオドール様とどんな関わりをもったのかは気になるが、これ以上は自分の心が耐えられそうにない。そんな私の様子を、ワイングラス片手に横目で見たテオドール様は、クスッと静かに笑った。

「その頃の俺は随分と荒れていた時期だったけど、君の言葉に、随分毒気を抜かれたよ」

「反抗期……とかですか？」

「そうそう。それからはずっと会うこともなくて、ルイの婚約者として紹介された時には君は覚えてないようだったから、あえて言わなくてもいいかと思った。というところかな」

過去を思い起こしてみると、確かに殿下からテオドール様を紹介された時、とても親しげに接してくれた気がする。それはテオドール様の人柄だと思っていたが、過去の関わりがあったからかもしれない。

そして、私が覚えていないと知ると、あえて距離を置いたのかもしれない。

それでもテオドール様の雰囲気や言動からも、過去に親しくしていた時期があったことは、あの森での出来事を夢見なければ信じられなかったかもしれない。

そう、あの森でのこと。テオドール様が真っ先に駆けつけたこと。そして、その時の発言も。

「その時に、私とテオドール様は何か約束をしたのですか？」

頭の中にあった疑問がポツリとそのまま口に出た。

「なんで？」

テオドール様は若干目を見開いて驚いた顔をした後、私をジッと見て問う。その顔には、微笑みを浮かべながらも、私の言葉の真意をくみ取ろうとしているようであった。

「誰かと、何か約束をした……そんな夢を見たことがあったので」

正確には、実際にこの目で見たのだが、それは言えない。

「そうだね。……俺と幼い時のラシェル嬢は、ひとつ約束をした」

「それは何の約束でしょう」

やはり、過去の私はテオドール様と何か約束をしていた。ということは、あの出来事は……本当に起こっていたこと？

私が死んだあと、テオドール様が駆け付けたことも、その後に賊を皆倒してしまったことも、実際に起こった事実の可能性が高い。

とはいえ、あの時のテオドール様の必死な様子を思い出すと、幼い頃の私はテオドール様と随分仲がよかったのかもしれない。でなければ、いつも飄々としつつも冷静に物事に対処するテオドール様が、あのように取り乱すだろうか。

「それは……」

「それは……？」

覚えていない記憶を知りたいと尋ねた質問に、神妙に口を開くテオドール様。思わず身を前へと乗り出し、テオドール様の言葉を待つ。

「秘密」

人差し指を唇に当ててニヤッと笑うテオドール様に、肩透かしを食らう。

だが、テオドール様はそんな私にはお構いなしで、テーブルに置かれたグラスを持つと、残りをグッと飲み干した。

「いくらラシェル嬢といえども、大事な約束を口外するわけにはいかないな」

「えぇ！」

「さっ、明日も早いから、部屋に戻ってゆっくり休みな」

「テオドール様は？」

「俺は、ほら。この酒を飲み終わったら寝るよ」

なおも詰め寄ろうとした私を追い払うかのごとく、テオドール様は話を強制的に終わらせると、残り3分の1になったワイン瓶を掲げた。

この様子を見ると、これ以上テオドール様は話す気がないということだろう。それに明日もまた早くから出発し、一日歩くことを考えると、テオドール様の忠告は正しいのだろう。

素直に言葉を飲み込み、「はい」と頷きソファーから立ち上がる。退出前にもう一度テオドール様の方へ振り返る。

「では、おやすみなさい」

「あぁ、おやすみ。いい夢を」

テオドール様は振り返ることはなかった。だが、手を上に上げてヒラヒラとさせながら、優しく穏やかな声を私に返した。

◆◇◆◇◆

ラシェル嬢の足音が遠のくのを感じながら、俺は深く息を吐いた。

――あぁ、びっくりした。

「……思い出したのかと思ったな」

小さく呟いた声はガラスの向こうの星空へと消えていくようだ。煌めく星を眺めながら、俺はあの少女に出会った頃の自分を思い返していた。

『ばっ……化け物！　近寄るな！』

一番仲がよかった友人にそう叫ばれたのは、12歳のある日のことだった。

いつもニコニコ笑い、怒った姿など見たことがなく、新しい魔術を見せると『テオドールは凄いな！』と喜んでくれるような奴だった。

誰よりも信頼していたし、とても大好きな友人だった。

それがいつの頃からか、笑顔が絶えなかった友人の表情が暗くなっていった。というのも、彼の祖父の汚職が明るみに出たことで、同年代の子供にいじめられるようになったからだ。

その日、そいつが5人の同級生に囲まれ、口から血を流して横たわっているのを見た。

その瞬間、今まで感じたことのないほど、頭に血が上り、怒りが全身を覆った。

――助けなければ！　許せない！　俺は、そんな感情に支配された。

すると、俺の怒りに呼応するように、その5人目掛けて雷が何度も落ちたのだ。幸い……というべきなのか、そいつらに当たることはなく、いじめていた奴らは泣き叫んで逃げていった。

だが、残された友人に差し伸べた俺の手は、蒼褪めて震える友人によって払われ、『化け物』と拒絶されたのだ。

その時、自分の存在が揺らいだ。

幼い時から、優秀な魔術師を沢山輩出するカミュ侯爵家の嫡男として、才能に恵まれ期待もされてきた。それでも、そんなカミュ家の中でさえ、俺は異質な存在だ。

習ったはずのない魔術を自在に操れ、精霊の言葉を理解できたのだ。

自分は他人と違うのではないか。そう悩みだした頃、誰よりも信頼していた友人からの《化け物》という拒絶の言葉。それは、薄々感じていた俺の異質さを明確にされた気がした。

カミュ侯爵家は聖女の血を引くため、先祖返りしたのだ。多くの者は俺にそう言った。

だが、そうではない。聖女の力よりも、もっと大きな力――例えば精霊のような力。そんなものが、己の中にある気がした。

己の異質さの答えは、意外とあっさりと見つかった。

件《くだん》のことがあってさすがに俺が塞ぎ込んでいた時、父の契約精霊である火の高位精霊が俺に言ったのだ。

『昔ね、聖女と国王の間に生まれた女の子と精霊王が恋に落ちたんだ。２人の間には可愛い女の子が生まれた。その子がお嫁さんに来たのが、この家なんだ！　だから、このお家の人たちはみーんな魔力が強い人たちばかりでしょ。でも、君はもっと特別！　精霊と聖女両方の力を受け継いだみたいだね。普通は精霊の力を受け継ぐなんてことはないんだよ！　だから、精霊はみんな君が好きなんだ』

「精霊王の子孫……だと？　そんな話は聞いたことがない」

『人の記憶を操作するなんて、精霊王には簡単なことなんだよ』

「だったら……なぜ俺にそのことを伝えた」

『だって、君が悩んでいるから。君が悲しいと、精霊も悲しい。君が知りたいと願ったから、教えに来たんだよ』

つまり、俺は精霊でも人間でもない、中途半端な存在というわけか。

精霊から伝えられた真実は、12歳の俺が受け止めるには、あまりに大き過ぎた。

それからの俺は、より一層殻に閉じこもるようになった。常にローブを頭まで被り、人と接することが怖くなった。

　こんなにも巨大な力を持った俺は、誰かを本当に傷つけてしまう可能性があると思ったから。それに何より、また大切に思っている人から拒絶されるのが怖かったから。

　俺の日常は、部屋に閉じこもるか、屋敷内の図書室で文献を読みふけるばかりだった。


　だが、ある日、気分転換に庭の奥で寝っ転がりながら本を読んでいると。

「あなた、だぁれ？」

　頭上から少女の声が聞こえた。本をずらしてみると、6、7歳ぐらいの少女が俺の顔をジッと覗き込んでいた。

「……お前、誰？」

「わたし？　わたしはラシェル・マルセルよ。今日はおばあ様と一緒に来たのよ」

　マルセル侯爵家の孫、か。なるほど。祖母の親友の孫娘ってことか。

「ここは俺が先にいたの。だから、お前は早くばあ様のところに戻れ」

「いやよ！　おばあ様ったら、わたしのことを放っておいてお喋《しゃべ》りばかりなの」

「それが楽しみなんだ。しょうがないだろ」

「それで、あなたはだぁれ？」

適当にあしらおうとしたが、この少女は一向に聞き入れる様子はない。それどころか、近くのベンチにちょこんと座って、大きな吊り目をキラキラと輝かせて俺を見た。

「名乗るつもりはない」

「どうして？　あっ、わかったわ！」

少女は何か閃いたとばかりに明るい声を出す。俺は、早くどこかに行ってくれないか、と面倒な視線で少女をチラッと見る。だが、少女はそんな視線など気にする素振りもない。

「あなたが、フラヴィ様のおっしゃっていた、困った孫ね！」

「は？」

「最近は顔も見せてくれなくて悲しいとお話ししていたわ」

「ったく、お喋りな」

フラヴィとは、俺の祖母だ。つまりは俺のことを、こいつのばあ様に話していたのを一緒に聞いたのだろう。

「とにかく、俺は子供と遊ぶ趣味はない。その辺に俺の弟がいるだろ。そいつと遊べ」

「嫌よ！　弟って、リアンのことでしょ？　リアンったら、私に虫を投げてきたの。スカートだって引っ張るし」

「ははっ、それは悪かった。きっとリアンはお前の気を引きたかっただけだ」

「そうだとしても、私はリアンとはもう遊ばないって言ったばかりだもの」

目の前の少女は、頬を膨らませて分かりやすく怒っていた。

確かに弟はやんちゃなところがある。だが、同い年ぐらいの可愛い女の子と遊んで楽しかったのだろう。どうにか気を引こうとした結果、嫌われてしまったのだろうな。

そう思うと、可愛くて哀れな弟に思わず同情すると共に、笑いが込み上げた。

「そうだ！　魔術を見せて。フラヴィ様が、リアンのお兄様は魔術が上手ってお話ししてくれたわ」

「何だって？」

「ね、ちょっとでいいから」

——ばあ様が余計なことを。

「……無理だ」

自分の手を見ながら、小さい声でポツリと呟く。

あの日以来、俺は魔術を使うのが怖くなった。また誰かに拒絶されるかもしれない。巨大な力が、誰かを傷つけるかもしれない。そう思うと、家族以外の前で魔術を使えなくなった。

「魔術、使えないの？」

「あぁ、悪いな」

少女は不思議そうに首を傾げて俺を見つめた。ここまで言えば、もういなくなるだろう。そう思い、手に持っていた本へとまた再び視線を移す。

それでも、少女はベンチから離れる様子がない。

不審に思い、本を若干ずらして少女の座るベンチを確認する。すると、少女はベンチから立ち上がると、そのまま俺の持っていた本を取り上げてきた。

それに抗議しようと、体を起こして口を開こうとするが、俺が話をする前に、少女の明るい声が辺りに響いた。

「それじゃあ、わたしが教えてあげる！」

「え？」

――魔術を教える……だと？

まだ王宮でのお茶会に招待される10歳にも満たない子供が、俺に？

あっけに取られて何も言えない俺に構わず、少女は楽しそうに笑いながら話を続ける。

「わたしね、魔力がとってもとっても多いのよ！　だから、私が魔術を習うようになったら、あなたに教えてあげる」

――何を馬鹿なことを。魔力が多いといっても、俺にとっては皆たかが知れている。

「……魔力が多いことは、果たしていいことなのか」

「どうして？」

「普通の人間ってやつ？　俺はそれになりたいよ」

最近は、この馬鹿でかい魔力さえ持って生まれなければ、と思わずにはいられない。そうすれば、友人から嫌われることもなかった。怖がられることもなく、人と一緒でいられた。

「普通って面白いの？」

少女はキョトンとした顔で、俺を不思議そうに見つめる。

「私は強い魔力を持ったことが嬉しいわ！　特別だもの」

「特別、ね」

特別なんていらない。

俺にしてみれば、多少魔力が人よりも多いこの少女でさえ、俺にとっては普通の人間だ。

「わたしは普通じゃなくてもいい。だって、沢山の魔術が使えるって楽しいじゃない！　そう思わない？」

楽しい、か。確かに、幼い時から、魔術は俺の周りに当たり前のようにあった。新しい魔術が使えるようになると、両親に見せた。

すると、『テオドールは凄いな』と喜んで頭を撫でてくれたのが、嬉しかったな。皆に喜んで欲しくて、精霊と遊ぶのが楽しくて、より魔術にのめり込んだ。

それでも……俺は。人とは違う。

「……化け物なんだ。俺は」

「化け物？　お化けとか妖怪みたいなもの？」

「そっ。魔力が強すぎて、友達から怖がられたし、お前より何倍も何十倍も強い魔力を持っている」

なぜ、俺は会ったばかりの、しかも年下の少女にこんな話をしているのだろう。

そうは思っても、一度呟いた弱音は止まることがなかった。慰めてほしいわけでも、怖がられたいわけでもない。

でも、もしかしたら、誰かに聞いてほしかったのかもしれない。

それでも、反応が怖くて、ローブのフードを深く被り直す。だが、俺のそんな弱さは、彼女には全く関係がなかったようだ。

「あなた、そんなに魔力が強いの！」

キラキラとした明るい声色に誘われるまま視線を上げる。すると、そこには水色の瞳を輝かせて、俺を熱心に見つめる少女の姿があった。

「……お前を傷つけるのなんて簡単なぐらい強いよ」

「でも、あなたは傷つけないでしょ？」

「何でそんなことを言えるんだよ」

「だって、リアンみたいにわたしのことをいじめないもの」

少女の答えに、思わず口の端が上がる。

そりゃあ、まだ5歳の弟と12歳の俺は違うだろう。気を引きたくてスカートを引っ張るような真似などしない。

「だって、魔力が強かったら、好きに魔術を使うこともできるのでしょ？　いじめるのに使うのも、助けるのに使うのも、どっちもできるよ」

「……好きに？　この力を？」

——誰かを助けるための魔力。大切な人を守る……力？

思わず、両手を顔の前に出して見つめる。俺の魔力は、傷つけるだけの力では……ない？

少女の言葉は、ただ真っ直ぐに俺の心に突き刺さる。まるで、暗闇にたった一筋差した光のように。俺の心を明るく、優しく包み込む。

そうか。俺は、誰かにそう言ってもらいたかったのか。俺の力は異質だけど、恐怖ではないと。人間とか精霊とかどうでもいい。

——俺の力を、俺を認めてほしかったのか。

「……子供のくせに、いいこと言うな」

「あなただって子供じゃない」

口から、不器用な渇いた笑みが零れた。

「テオドール」

「え？」

フードを右手で外して、少女を見る。すると、目の前の少女、ラシェルは俺の姿を見て、目を丸くしている。

「俺の名前はテオドールだ」

俺が名を告げたのだと分かると、ラシェルは嬉しそうに顔を綻ばせてニッコリと笑った。その瞳は、その日の青空と一緒のとても澄んだ水色で、綺麗だなとそんな感想を持った。


あの出会いから様々なことが変化した。ローブのフードを被って引き籠るのをやめた俺に、家族は何も言わなかったが、内心ほっとしているようにも見えた。

そして、ラシェルが屋敷に来た時は、当たり前のように俺に声がかかるようになった。

「今日は何を見せてくれるの？」

「じゃあ、この噴水の水で色んな動物を出してやろうか？」

「うん！　見たい！」

こいつは魔術にとても興味があるようで、俺が魔術を見せると目を輝かせて喜んでくれる。

それにつられて俺も、ただ魔術が楽しいという気持ちを思い出すことができたし、ラシェルと過ごす日々は自分の中の憂いが徐々に払われて、癒《いや》される気がした。

今日もそんなラシェルの希望に応えようと、彼女が喜びそうな動物を出すことにした。

案の定、猫のような瞳を期待でキラキラと輝かせて、俺の手元から何が出てくるのだろうかと注目しているようだ。

そんなラシェルの姿に、自然と笑みが零れる。

俺はまず手を噴水のほうへとかざすと、噴水の水が大きな塊になって、手の動きに合わせてふよふよと浮かんだ。

「凄いわ！」

「触ってもいいよ」

「本当？　わぁ、冷たい！」

興味津々に、水の塊を覗くラシェルに声をかける。ラシェルは嬉しそうに水へと手を伸ばした。

「じゃあ、とりあえず最初は……」

「羊だわ！」

水の塊で羊を作り出すと、ラシェルは楽しそうに声をあげてはしゃぎながら、羊を熱心に見つめる。それを横目で確認しながら、今度は馬や犬、牛、猫など、次々に変化させていく。

水が形を変えるたびに感嘆の声を上げて喜ぶラシェルに、俺の頬も自然と緩む。

「次で最後な」

「綺麗！　鳥ね！」

水の形を鳥にして、ラシェルの周囲を羽ばたかせると、ラシェルはその鳥を追うように青空へと視線を動かす。その瞬間に合わせ、俺の手の動きと共に水が空中で弾ける。

「わぁ、とっても素敵！　虹ができた！」

陽の光で煌めく水飛沫《しぶき》と共に空に現れたのは、俺たちを見守るかのような大きな虹。

目線を隣へと動かすと、虹を嬉しそうに見ていたラシェルが俺の視線に気付き、こちらを見つめてニッコリ笑った。

「ありがとう」

「いや、これぐらい俺にとっては簡単なことだからな。どうってことはないよ」

「私にもできるようになるかしら」

「あぁ。お前は水が得意だろうから、頑張って学べばすぐにできるよ」

「本当？　わたし、勉強を頑張って使えるようになるわ。そうしたら一番に見せてあげるね」

「あぁ、楽しみにしてる」

この時は、こんなふうにラシェルと過ごす日々がずっと続いていくのだと思っていた。彼女が我が家に時々遊びに来て、弟のリアンも含めて一緒に遊んだりするんだろう、と。

今日みたいに、ラシェルは俺の魔術に目を輝かせて喜んでくれるのだろう。そしてゆくゆくは、俺がラシェルに魔術を教えたりなんかもして。

漠然とそんな未来を描いていた。


だが、俺が14歳の時、ラシェルの祖母が亡くなったという報せが、そんな未来を変えた。

ラシェルの祖母の葬儀から1カ月。俺の祖母がマルセル侯爵家に、預かっていたものを返しに行くと出かけようとしたため、無理をいって同行させてもらった。

訪問したマルセル侯爵家で、まず目に入ったのは庭園。沢山の季節の花があまりに美しくて圧倒された。花々が綺麗に咲き誇るのを見ていると、ラシェルがこの庭園で嬉しそうに微笑んでいる姿が目に浮かぶようで、思わず笑みが漏れる。

だが、今の彼女はきっと落ち込んでいるだろう。葬儀の際に一目見たラシェルの姿は、8歳にしては気丈に振舞っており、唇を噛み締めながらも真っすぐ前を向いていた。涙も流さずに。

だからこそ、彼女の様子が心配で仕方がなかった。祖母に懐いていたラシェルが、慕う相手を失って悲しくないはずがない。

マルセル侯爵夫人であるラシェルの母が出迎えてくれ、挨拶もそこそこに、ラシェルの近況を尋ねた。すると案の定、最近のラシェルは空元気な様子で部屋に籠ることも多いそうだ。

侯爵夫人に許可を貰い、ラシェルの部屋へと向かう。

「ラシェル」

侍女に案内してもらい部屋に入ると、ラシェルはソファーに膝を抱えて座っていた。声をかけると、顔を上げたラシェルの目が真っ赤になっているのが分かる。

——やっぱり。きっとこの子はひとりで泣いているのではないかと思った。

ラシェルの座るソファーまで歩いていき、俺は彼女の頭を優しく撫でた。すると、膝の上でギュッと握りしめていた拳が若干緩んで、肩の力が少し抜けたのが分かる。

「おばあ様にはもう会えないそうなの」

「……そうだな」

「天国に行ってしまったのですって」

「……あぁ」

「また明日一緒にお出かけしようって約束していたのに」

「……そうか」

ラシェルの隣に腰掛けると、弱々しく消えそうな声でラシェルが呟く。

「悲しいな」

「かな……しい？」

「あぁ。大事な人と会えなくなるのは、とても悲しくて、寂しい」

「わたし……わたしが泣くと、みんな悲しい顔をするから……」

「よく頑張ったな。みんなに心配かけないように、一人で泣いていたのか」

俺の言葉に、ラシェルは返事をせず、黙って一度縦に頷いた。

8歳。近しい間柄の初めての死。大人の言っていることも、空気も察することができる。それでも、死を完璧に理解するには幼い年齢。天国に行く。もう会えない。それは頭では理解できても、心では拒否している。

きっと彼女は理解できること、できないことの狭間で、ひとりきりで戦っているのだろう。

そんなラシェルの心情を俺が知る術はない。

それでも、どうにか彼女の心を軽くはできないだろうか。

無力な俺はそればかりを考えてしまう。

「いっぱい泣いていいんだ。悲しいって言っていいんだ」

隣に座るラシェルの頭を自分の胸に寄せて、優しく髪を指で梳く。

「ラシェルが悲しむと、みんな心を痛めるだろう。でも、隠してほしいとは思っていないよ。お前が悲しい時は、悲しいって言ってほしいと思うよ」

「ほんと？」

「俺だったら、大事な子がひとりで泣いているのは辛いな」

きっと周囲に心配をかけまいと、我慢しているのはわかる。それでも、ラシェルがひとりで毎日泣いていることを思うと、自分のことのように苦しくなる。

「お母様やお父様も、おばあ様みたいにいなくなるの？」

その時、隣からポツリと呟く声が聞こえた。とても小さいその声は、隣に座っていなければ、きっと聞こえていなかっただろう。

「いつかは、な。でも、それは俺もお前も、生きている者はみんなそうだよ。みんないつかは天国に行く。でも、それはきっと今すぐの話じゃない」

「わたしも？」

「そうだな」

俺の答えに、ラシェルは「そっか」と小さく答えた。

「あなたもいなくなるの？」

俺？　ラシェルを覗き込むように見ると、俺をジッと見つめる瞳と目が合う。

「寂しい？」

「寂しいわ」

「俺も。お前に会えなくなるのは寂しいな」

ラシェルが俺と会えなくなるのを寂しいと答えたことに、若干こそばゆいような嬉しさが湧き上がる。同時に、落ち込んでいるこの少女をなんとか元気づけられないだろうか、とも思う。

「でも……そうだな。俺はお前から希望をもらった」

「希望？　あげていないわ」

キョトンと不思議そうな顔をしてこちらを見るラシェルに、思わずクスッと笑いが漏れた。

そうだろうな。こいつは意図して、俺を救い出したわけではない。それでも、俺にとってこいつは希望の光だ。きっと、ずっと。

だから、俺はラシェルが望まないとしても、この子を大切に守りたい。そう願っているんだ。

「とにかく、俺はお前が俺を暗闇から救ってくれたように、今度はお前が暗闇にいる時、俺が救ってやるよ」

「……わたし、暗いとこは怖くないわ」

「ははっ、そうか。じゃあ、お前が怖い思いをした時……俺が助けてやる」

「本当に？」

「あぁ。絶対」

俺が力強く答えると、ようやくラシェルの顔に笑みが戻った。未だ目は赤く腫れぼったさもあるが、それでも細められた目に、胸を撫で下ろす。

「約束よ」

「わかった。約束だ」

俺はラシェルの左手をとると、指先に口づけする。《ラシェル・マルセルに命の危険ある時、我に報せを》彼女に気付かれぬようにそう術を掛けた。

本当は、命の危険などより、身の危険といった術の方が適切なのだろう。だが、今の自分の実力では、そこまで細かく指定はできない。だから、今俺が掛けられる術の最大がこれだ。この術が発動されないことを願いながら、それでもお守りとして。

きっとラシェルは口約束だと思ったのだろう。「お母様に叱られた時は怖いかもしれないわ。その時に助けてもらおうかしら」なんて、若干ぎこちなさの残る笑みを浮かべながら、俺を真っ直ぐに見た。

それでも、俺はこの時の約束を忘れたことはない。たとえ、その日を最後に会うことがなくなったとしても。次に会った時には、友であるルイの婚約者として、しかも俺のことを覚えていないとしても。

俺にとっては、それはそれでよかったのだろうと思っていた。

ルイは感情面に欠落があるが、ラシェルの真っ直ぐな強さに触れたら好ましく思うだろう。ラシェルだって、ルイのどこまでも諦めず、熱い想いと大切なものを守る決意に触れたら、きっと惹かれていくだろうと思った。

それでもやはり、彼女の側に婚約者の友人という立場でいるのは、少し胸が痛んだ。見ない振りをしても、時折見せる幼き日の面影や大人びた雰囲気に目を奪われることも自覚していたからだ。

それに、できることなら俺が近くで守っていけたなら。そう思わずにはいられなかったから。

だからこそ、ある程度の壁を作って距離を置こうとした。《ラシェル嬢》に惹かれることはあってはならないのだから。

あくまで《ラシェル》への淡い想いは大切に箱にしまって、２人を見守っていければ俺は幸せなのだ、と自分に強く言い聞かせた。

それが、ラシェル嬢が病で魔力枯渇になったり、闇の精霊と契約したりで彼女と関わることになり、また新たな一面を見ることになった。それでも、幼い時から変わらぬ笑顔や強さを目の当たりにすると、胸がざわめく。

――こんなこと、ラシェル嬢のことに関しては狭量になるルイには絶対に言えないな。本当にあの嫉妬深さには驚きを覚える。

それに友達想いだから、変に気をつかわれたり、ギクシャクするのは避けたいからな。彼女を大切に想っているのは確かだが、同時に俺はルイもまた、とても大切なのだ。

婚約したと知った時から、どうか大切な2人が幸せになれるように、と本心から願っている。

「……ったく、ラシェル嬢にはいつも驚かされるな」

忘れたままでいいと思っていた。それなのに、さっきは少し期待してしまった。覚えていてくれたのか、と。

目の前のワイン瓶から残り全てをグラスに注ぐと、勢いよく口へと流す。

そのまま飲み干すと、両腕をグッと伸ばして伸びをする。

視線を上に向けると、今日ここへ来た時と同じく星が綺麗に瞬いていた。それに思わず、ふっと息を漏らして数秒遠くを見つめる。

きっと、この星の煌めきにずっと魅了されたままなのだろうと実感しながら。

6章　魔力の行方

「おはようございます。今日もよろしくお願いします」

「あぁ、おはよう。今日こそは見つかるといいな」

食堂にて朝食中。スープを掬《すく》って口に運ぶと、人の気配に気がつき顔を上げる。

そこにいたのは、まだ眠そうに欠伸《あくび》をするテオドール様だった。

「随分眠そうですね。あの後、しばらく起きていたのですか？」

「まぁね。星が綺麗だったし」

テオドール様は、私の向かいに着席すると、目の前に準備された紅茶のカップに口を付けた。

「私、昨日テオドール様とお話をしたあと、少し考えたことがあるのです」

「何？」

テオドール様はパンにバターを塗りながら、視線を私へと向けた。

「幼い頃、テオドール様は私にとても親しくしていただいたのですよね」

「……どっちかというと、俺が助けてもらったようなものだよ」

「助けた？」

「いや、何でもない。それで？」

私の問いかけに、テオドール様は頭を小さく左右に振り、話を続けるように促した。

「私は当時、テオドール様と過ごした時間をあまり覚えてはおりません。微かに、年上の面倒見のいい方と遊んでもらったような気がするような、というぐらいなのです」

「あぁ。あまり気にしなくていいよ」

テオドール様は、私が覚えていなくても本当にいいと、本心から思っているのであろう。軽い口調で言ってはいるが、その言葉の奥には、他者を思いやる気持ちが滲み出ている。

だが、その優しさに甘えて、見えていない部分もあるのかもしれない。

あの森で見た光景のように、私が死んだ後に助けようと駆けつけてくれていたのであれば――そうしてくれるほどの何かが、過去に私とテオドール様の間にあったのかもしれない。

「私は覚えていないことが悔しいです。覚えていたなら、もっと違った思い出や関係性を作れた可能性もありますもの」

テオドール様は私の発言が意外だったようで、目を見開いて驚いた表情をした。だが、すぐに優し気に微笑みを向けてくれた。

「俺は今の関係性も気に入っているよ。前はさ、どう接するのが正しいのか分からなかった。でも、黒猫ちゃんのこともあって、今のラシェル嬢とも過ごすことが増えてさ。勿体ないことをしたって、そう思ったよ」

「勿体ない？」

「覚えているとか、忘れているとか。そんなことに拘っても仕方ないってさ。今、俺と君はこうして話をしているだろう？　それで楽しく会話ができる。それで十分じゃん？」

「そういうものでしょうか」

「そういうもんなんだよ。忘れたなら、また1から作ればいいよ。新しい思い出も、関係性も」

「やり直す……命ある限り、ですね」

「あぁ、その通りだな。同じ道は辿れなくても、違う道から繋がる可能性だってある」

2度目の15歳から始まった人生は、随分変化した。1回目の人生なら、今まさに魔法学園の3学年に進級する直前。つまり、聖女への嫉妬に狂い始めた頃だ。

それが、時が戻って、クロと契約して、新たな友人もできた。殿下との関係性も前とは全く違う。それにテオドール様とも。前回はほとんど関わりがなかったのに、今は親しく話すことができている。

前と同じ道ではないけれど、私は確実に前へと進むことができているのだろう。

きっと今後も、全てを正しく生きていくことはできなくても、それでも自分の行動や選択次第で、いくらでもその後を変えていくことができる。改めてテオドール様が教えてくれたことだ。

「テオドール様、ありがとうございます」

「ははっ、こちらこそ」

私が座りながら頭を下げると、テオドール様は穏やかな笑みで返してくれた。それに私も同じように笑みを向けると、私たちの間に、優しい空気が流れている気さえする。

だが、そんな空気を一変させるように、食堂の扉ごしに何やらガヤガヤと騒がしい音が聞こえてくる。どうしたのだろうか、とキョロキョロと視線を動かす私をよそに、テオドール様は一切動じることもなく、優雅に紅茶を飲んでいる。

「何やら外が騒がしいですね」

「あぁ。……着いたんだろう」

「着いた？」

「見に行っておいでよ。きっと喜ぶよ」

疑問だらけの頭のまま「では、失礼します」と一声かけて立ち上がる。そしてそのまま食堂の扉を開けて廊下へと進むと、広間のほうに数人の人影を見つけた。

――朝から来客？　内心首を傾げながら見ると、その人影の中央によく見知った人物が立っていた。

冷静に考えようとする頭とは別に、私の足は足早に進んでいく。

「殿下！」

私の声に、殿下はゆっくりと振り返る。私へと視線を止めると、殿下はとても嬉しそうに目を細めて笑った。

「ラシェル！　会いたかったよ。体調は崩していないか？」

「えぇ、それは……。それにしても、どうしてここに？」

私に歩み寄った殿下は、頬を包むように両手を当てると、顔を覗き込んだ。そして、私の顔色を見て「よかった。大丈夫そうだね」と、ほっと息を吐いた。

「実はこれから、ブスケ領のシャントルイユ修道院に向かう道中なんだ」

「まぁ、でしたら今日はこちらにお泊まりに？」

「そうだよ」

殿下の返答に、私は随分嬉しそうな明るい顔をしたのだろう。殿下は私の顔を見て、楽しそうに笑みを溢した。

その時、コホン、と咳払いがしてハッとする。音のした方を見ると、どうやら殿下の後ろに立っていたシリルによるものだったらしい。

「ラシェル嬢。卒業パーティー以来ですね」

「えぇ。ごきげんよう」

シリルは殿下の隣に立つと私に向かって礼をしたので、私も礼を返した。

「殿下の説明の補足をさせていただくと、今回、シャントルイユ修道院で脱走が起きたことで、修道院の警備や人員の再確認と見直しをしていたのです。それがおおよそ済んだので、最終的な片づけをしに現地へと行く途中なのです。ただでさえ、あの修道院は特殊なので、同じことが二度と起こってはならないですから」

「まぁ。そうだったのね」

「ラシェル嬢には、怖い思いをさせてしまいました」

「そんな……。私の方こそ、迷惑をかけてしまってごめんなさい」

シャントルイユ修道院がいくら問題を起こした貴族女性の行き先だからとはいえ、殿下やシリルの管轄ではないだろう。それに、カトリーナ様の恨みをかったのは私なのだから、私が巻き込んでしまったようなものだ。

申し訳なさそうに眉を下げたシリルに、すぐさま否定する私。お互いが顔を見合わせ、思わずクスクスと笑みが漏れた。

シリルとも、あのパーティーでお互いの今後を話したことで、空気がよくなった気がする。

「それにしても……。立ち寄るとあらかじめ手紙で知らせていただけたら……。って、あら？」

そういえば。先ほどのテオドール様の様子を思い返すと、今日殿下がお越しになるのを知っていたようにも見えたが……。

「ルイが来ることは、昨日知らせが来ていたよ」

後ろから聞こえた声に、思わずパッと振り返ると、テオドール様が何やら紙を手に持ち、ヒラリとはためかせた。

きっと、テオドール様が今手に持っている紙こそ、その知らせなのだろう。

「では、私だけ知らなかったのですか？」

「昨日教えていたら、気になって眠りが浅くなっていたでしょ。今は体力勝負だから、ゆっくり休まないとな」

なるほど。確かに昨日は、久々にあんなに歩いたから、疲れ果ててあっさりと眠りについてしまった。でも殿下が来ると知っていたら、嬉しくてドキドキして眠れなかった可能性も……否定できないかも。

「それに、ほら。今のラシェル嬢の笑顔を見たら、サプライズで恋人同士の再会を演出できたのも間違っていなかったと思っているよ」

テオドール様の言葉に、思わず私と殿下は顔を見合わせてしまう。少し頬に熱を感じるのは、きっと気のせいではないのだろう。

「私は早くラシェルに会いたくて、昨日といわず、城を出発した時からずっと君を夢見ていたよ」

「……殿下。恥ずかしいので、あまりそういうことは」

「何で？　心からの想いだ。それに、もっといっぱい可愛らしいラシェルを沢山見ていたい」

シリルのコホン、という咳払いの音に、またもや殿下と顔を見合わせる。

「そういうのはお2人の時にしてください」

「ははっ、そうだな。シリルの言う通り、こんな愛らしい姿を見るには、人が多すぎるからね」

殿下は楽しそうに、顔いっぱいに笑みを浮かべた。

「そうそう、ラシェル。さっきレオニーから状況は聞いた。今日も森の探索をするそうだね。よければ、今日は私も同行させてくれないか」

「殿下も一緒に？　ですが……殿下は修道院へ向かうのでしょう？」

「修道院へは明後日の予定だから、今日は移動もないし、騎士たちの休息日にあてているんだ」

「殿下もお疲れでしょう？」

「寝ているのは性に合わないからね。だったら、少しでもラシェルの近くにいた方が、疲れも取れてしまうよ」

笑みを浮かべながら私の言葉をことごとく否定していく殿下に、困惑してしまう。

殿下が一緒についてきてくれるのは嬉しい。でも、殿下は今まさに王都から到着したところだ。それを私に付き合わせていいのか……。

悩む私に、テオドール様がわざとらしい大きなため息を吐く。

「まったく、ルイは相変わらずだな。ラシェル嬢、こいつも連れていってやってくれ」

「私はいいのですが……殿下、本当によろしいのですか？」

「もちろん。テオドールには及ばないが、私もそれなりの魔力を持ち合わせているから、存分にこき使ってくれ」

「殿下をこき使うなど！」

王太子をこき使うなど、恐れ多い。必死に否定する私に、テオドール様は楽しそうに声を上げて笑いながら「そうしなよ！」と殿下の肩に腕を回した。

「いいじゃん。本人がやる気なんだから。さっ、あと1時間後に出発だ。ラシェル嬢は黒猫ちゃんに声かけておいて」

「あっ……はい！」

シリルは「私は領主館に残って休みますから」と宣言し、さっと踵を返して騎士たちの方へと向かっていった。

そして、時間通りに出発した私たちは、昨日の続きの道から歩き始めた。

昨日の疲れが残っているかも心配したが、意外と体力がついているのかもしれない。もう1時間は探索しているが、今のところ足の痛みなどはない。

だが殿下は、何度も疲労具合を確認してくれている。そのたびに、テオドール様から「ルイはちょっと落ち着け」と深いため息を吐かれていた。

それでも、殿下が一緒にいるというだけで私の心は浮かれ、足が軽く感じることも事実だ。

「この向こう側には、一体何があるのだろうね」

ふと殿下の視線が、精霊の地へと向けられた。殿下と同じ方角を眺めると、今立っている場所とは少し異なり、より色鮮やかな草木が広がっている。

「本当ですね。精霊がいかに自然を大切にしているかが分かりますね」

「あぁ、その通りだな。精霊は何よりも自然を好む。この国を守りたいのであれば、自然を守らねばならない」

殿下は目元を和らげながら、私のほうへ顔を向ける。

「昔から王家に伝わることだよ。自然を壊すことは、精霊との関係を断つことだとね」

「なるほど。自然を壊すと、精霊の力を借りるのが難しくなるということですか？」

「そう。今より昔、この国の建国時は、精霊を見ることができる者は今より多かったそうだ」

「そうなのですか？」

「精霊は常に人に寄り添っていたとも聞く。……だが、王都が栄えると共に、人は街に、精霊は森に、それぞれ分かれて住むようになったのかもしれないな」

精霊と人が一緒に住む、か。クロは私の側にいつでもいるが、それでも王都にいる時よりも、マルセル領やミリシエ領にいる時の方が嬉しそう。それは、地方の方が王都よりもより自然に溢れているから、ということなのだろう。

自然は、精霊にとってなくてはならない力の源のようなものなのかもしれない。

ふと、腕に抱いたクロを見る。クロもその視線に気がついたようで、私をジッと見て《何？》とでもいうかのように『ニャ』と小さく鳴いた。

——何だろう。……いつもと少し違う？

いつも通り、クロは可愛らしくクリッとした目で私を見つめてくれるが、それでもどこかいつもと違う。目を凝らして見ると、腕に抱いていたクロの周囲に、僅かに光が見える。

それと同時に、私の体全体に、温かい熱を感じた。それはまるで母に抱き締められた時と同じような、優しく安心する温もり。

「ラシェル？　どうかした？」

「殿下、それが……」

私が急に足を止めたことで、殿下も同じように足を止める。私のほうを振り返り、心配そうに顔を覗き込んだ殿下に、なんと説明すべきかと思案する。

『ニャー』

「クロ！」

その時、腕に抱いていたクロがピョンと地面に降りると、何もないところをグルグルと回り始めた。それはまるで、クロが回っているその空間に誰かがいるかのようにも見えるほど不自然な動きである。

「黒猫ちゃんどうした？　あぁ、馬がいるな」

殿下と私の少し後ろを歩いていたテオドール様が呟いた。

——馬？　馬とは何のことだろう。私には、クロしか見えないが……テオドール様には馬が見えるということ？

「あぁ。誰とも契約していない精霊だから見えないか。どうやら、友達のようだな」

「クロの友達ですか？　だからあんなにも楽しそうにしているのですね」

精霊がここに？　人と契約している精霊は、魔力が強い者なら見ることができるが、人と関わりのない精霊は、通常見ることができない。テオドール様を除いては。

「テオドール、どういうことだ？　もしかすると、闇の精霊か？」

「あぁ、そうだな」

——闇の精霊？　やはり、闇の精霊はクロだけではなかったということ？　しかも、この森にクロ以外の闇の精霊がいる、となると……。

「キャッ」

「ラシェル！」

「ラシェル嬢！　どうした！」

クロのほうへと足を進めながら考え込んでいると、急に誰かに後ろから押されたような感覚がして、その場に倒れ込みそうになる。

何とか踏ん張って倒れることを免れた私は、殿下やテオドール様の心配する声に《大丈夫》と答えようと後ろへ視線を向ける。だが、次の瞬間、私は目の前の光景を理解することができなかった。

というのも、私の視線の先には殿下やテオドール様たちが必死に辺りを見回して叫んでいる姿があったからだ。

「ラシェル！　どこだ！」

呼び掛ける殿下に、「私はここにいます」と手を差し出す。

だが、私の手は殿下に触れることはなかった。

――何？　冷たい⁉

まるで見えない壁が私と殿下の間にあって、阻まれているかのようだ。

手を出した先は氷のように冷え、壁は見えないのに、前に出している手の平に伝わる冷たさに、思わず手を引っ込める。

「ラシェル、そこにいるのか⁉」

「はい、私は殿下の目の前にいます！　でも、私と殿下の間に見えない壁があるようで」

「見えない壁？　こちらからはラシェルが突然いなくなったように見えて。姿も確認できない」

殿下は眉間に深い皺を寄せながら、私を探すように忙しなく辺りを見た。それでも、目の前にいる私が本当に見えていないようで、視線が合うことはない。

「もしかすると……ラシェル嬢、成功かもよ」

殿下の隣で、しばし考え込んでいたテオドール様がポツリと呟く。

「成功……ですか？」

「あぁ。何が鍵になったのかは不明だが、ラシェル嬢だけがいなくなった。そして、そっちからはこちらが見えるが、こっちからはラシェル嬢が見えない。つまり、君は入ることができたのかもしれない。精霊の地に」

「精霊の地に……入れた？」

「周りの景色はどうだ。葉っぱの色は？　草の青さは？」

テオドール様の言葉に、茫然としていた私はハッとする。聞かれた問いの答えを探るべく、一番近くの木へと駆け寄る。

すると、先ほどまで周囲にあった木々は、未だ冬の名残を思わせるものだったが、ここはまるで夏のように生き生きとしている。清々しい風が通り抜けて、日差しも強くない。

大きく深呼吸をすると、その自然全てを体にいれているような気持ちよさがある。

「青々としています……。それに、穏やかな優しい風がそよいで……とてもいい気持ちです」

私が答えると、テオドール様は見えない壁の向こうで、ひとつ頷いて目を細めた。

「よかったな、ラシェル嬢。そこは、間違いなく精霊の地だろう」

「ここが……」

「ラシェル、どうやら私たちはそちらに行くことはできないようだ。ひとりで大丈夫か？」

「はい、殿下。あの、行ってきてもいいでしょうか」

「もちろんだ。心配はあるが、ここで君の帰りを待っている。だから、行っておいで」

不安はある。それでも、ようやく見えてきた光、可能性だ。なによりも、視線は合わなくとも、殿下は私のほうへと優しい微笑みを向けて、強く頷いてくれた。

殿下が待っていてくれる。背中を押してくれる。それだけで、私は強くいられる気がした。

だから、もう一度殿下の目の前に立って手を伸ばす。

やはりその手の平から伝わるのは、いつもの殿下の温もりではなく、凍えるような冷たさ。

それでも私には、いつでも信じてくれる殿下の温かさを感じることができた。

「はい、行ってきます」

だから、ひとりでも進むんだ。過去から目を逸らさず、失ったものをもう一度手にするため。

シンとした森の中で、ひとりきり。確かに孤独感もある。だが、諦めないと誓ったからには、私には進む以外の道はない。

私は冷え切った手をその場でギュッと握り込んで決心を固めると、殿下の姿を焼き付けるように見上げる。そして、踵を返すと、深い森へと足を進めていく。

聞こえてくるのは、私が踏む草の音。そして風が揺らす葉の音。人の声はしない。もう30分は歩いているだろうから、後ろを振り返っても殿下の姿はない。

辺りは木に囲まれており、進んでいる方向が正しいのかさえも心配になったその時。

『ラシェル』

――誰⁉　かすかに聞こえた声に辺りを見渡すが、周囲には誰もいない。

「気のせい……かしら」

『ラシェル』

「だ、誰!?」

再び私の名を呼ぶ声が聞こえた。子供のような可愛らしい声だ。それでも、やはり注意深く辺りを見ても、私は木に囲まれているだけ。

――ガサッ
『ラシェル、ここだよ』

先ほどよりもはっきりと聞こえた声と共に草を掻き分ける音に、反射的に振り返る。するとそこにいたのは。

「クロ？　あなた、話すことができるの？」

変わらず愛らしく私の元に駆け寄ってきた、クロであった。

『ここだとお喋りできる』

駆け寄ってきたクロを抱きあげると、クロはキラキラした真ん丸の瞳で私を見つめた。

この精霊の地では、さっきよりもずっとクロの魔力を強く感じる。ということは、この場所では精霊の力が増すのかもしれない。

それによって会話が可能なのかも。

「驚いたわ……。でも、クロと話せたらってずっと思っていたから、とっても嬉しいわ！」

『クロも。ラシェルは全然クロの言うこと分からないから』

「え？　そうだったの？」

知らなかった。最近はテオドール様ほどとはいわなくとも、クロとは以前より意思疎通できているると思っていた。少なからずショックを受けている私など気付きもしないかのように、クロはキョロキョロと周囲を見渡す。

『クロ、ラシェルをここに連れてきたかった』

「ここに？　そういえば……前に私、意識を失っていた間にこの場所に来たの。その時にクロと会ったのだけど、あれは……夢？　それとも本当にこの場所に来たのかしら」

『来たよ。クロが案内した』

やはりあの過去を見たことは夢ではなかったのだろう。

「あれは、あの時見たことは、本当にあったということね。間違いなく、私の過去なのよね」

ポツリと呟いた私の声に、クロは不思議そうに首を傾げた。

『クロはラシェルの側にいていいって言われた』

「言われたって……誰に？」

私の問いかけに、クロはプイッとそっぽを向いた。この反応の時のクロは、もう何も話さないということなのだろう。

だが、クロが話してくれたことで分かったこともある。クロが私と契約したことに、クロ以外の誰かが関係している、ということなのだろう。

だとしても、誰が？　考えても分からない。でも、もしかすると、以前この森で聞いた《思い出せ》という言葉。あの声の主が関係しているのかもしれない。

「ところで、この精霊の地ってどんな場所なの？」

『お家だよ？』

「お家？　精霊の住処《すみか》ってことかしら」

『そう』

話を変えたことで、クロはようやく私のほうへと顔を向けた。この質問は問題なかったようで、クロは楽しそうに周囲を見渡しながら教えてくれる。

『クロのお気に入りの木に連れていってあげる！』

「それは楽しみだわ」

その時、大きな風が私の頬を掠める。

『猫。のんびり喋っている時間はない』

突如、クロよりも大人びた声が頭上から聞こえ、ハッと見上げる。

すると、空を駆けながら近づいてきた黒馬が、私たちの目の前に凛々しい姿で降り立った。

「あなたは……さっきテオドール様が仰っていた精霊……かしら」

『そうだ』

先ほどまでは見ることが叶わなかった馬の精霊が、目の前にいる。

驚く私をよそに、腕に抱いたクロは嬉しそうに、その黒馬へと前足を伸ばした。

やはり闇の精霊はクロだけではなかったのね。実際にクロ以外の闇の精霊を目にすると、不思議な感覚がある。

クロと契約しているからなのか、この黒馬からは冷ややかな物言いとは違い、穏やかな空気と親しみが込められているようにも感じる。

『何をそんな珍しそうに』

『この国の人間は闇の精霊が珍しいんだって』

『そうなのか？』

ジロジロ見てしまっていたのか、黒馬は不思議そうに私に顔を近づけた。

『まぁ、いい。時間がないから、早く背に乗れ』

戸惑う私に黒馬は気がついたのか『あぁ、乗れないのか？』と呟くと、頭を私の頬に寄せた。

その瞬間、ふわっと体が浮いた。

驚きに声を上げる私とは無関係に、私の体は勝手に黒馬の上へと浮遊し、その直後、ストンと馬の背に座る形で綺麗に降りた。

『連れていってやろう』

「え、どこに？」

そう問いかけた私の声は空中へと消えて、微かに聞こえるのみだった。

というのも、私とクロを乗せた黒馬は、森が一望できるほど高く空を駆けたのだ。あまりに衝撃的なことで、私は言葉を失った。

まさか、鳥のように空を飛ぶことができるなんて……。

空が近い。木のてっぺんが見える。少し先には湖も。遠くには神々しいまでに連なる山々が。

——なんて凄い景色。

「こんなにも美しい場所を空から眺められるなんて……」

とても信じられない。目の前の光景を目に焼き付けようと、辺りを見渡した。自然と頬は紅潮し緩んでしまう。

『我らは自然がなければ生きていけない。故に精霊は、住処である森を守る』

「ではこの場所は、あなたたち精霊の魔力でこんなにも生き生きとしているということなのね」

『そうだよ！』

精霊の力とは、なんと凄いものなのかしら。そして、その力の源はこの自然なのだ。川や湖、海であり、草木や花々であり、この大地なのだ。この大地全てから生命力を感じる。

『今より昔、人と精霊は共に自然の中で暮らしていた。今は時代が変わったが、共に自然を守る必要がある』

そうか、そういうことなのか。なぜ、力を持つ精霊が人と契約するのだろうと考えたことがある。だが、歴史の中で人間と精霊が今より近しい距離にいたのであれば、納得する。

「ところで、どこに向かっているのかしら」

『湖だよ』

「湖？　そこに何かあるのかしら」

『大丈夫だよ。ラシェルも行けば分かるから』

周囲を眺めながら問いかけると、クロに視線で湖の方角を示される。そこには、木で隠されるように覆われた美しい湖があった。

陽の光が水面に反射して輝いており、風に舞った葉っぱが湖面に吸い込まれるように静かに落ちる様は、この世のものとは思えないほどに綺麗だ。

「ここが……。なんて美しいの。水が輝いて見えるわ」

黒馬は、先ほど同様にふわっと体を浮かばせて、優しく地面に降ろしてくれた。

湖面を覗き込むと、自分の顔が水に映った。隣に立つクロが同じように湖を覗き込んだ様子までしっかりと水面に映り、まるで鏡のようだ。

その水を両手で掬うと、ヒヤリとした冷たさが手に伝わる。

「冷たくて気持ちいい……」

私が掬った水にクロは顔を寄せると、ペロッと舐める。

『ははっ、お気に召したかな』

突然後ろから聞こえてきた声に、ビクッと肩が揺れ、両手に掬っていた水がパシャと地面に吸い込まれる。

「誰⁉」

恐る恐る振り返ると、先ほどの黒馬の頭を撫でている青年がそこに立っていた。

黒馬も大人しく青年に体を寄せている。

――いつの間に……気配など何もなかったのに。

私と同年代に見える青年は、肩上ぐらいの黒髪で、大きくて若干吊り上がった目を私へと向けた。その瞳からは、親しみと興味を覗かせており、嫌な視線は全く感じさせない。

何より、楽しそうに笑う口元の八重歯が、人懐っこい雰囲気を滲ませる。

『ようやくここに辿り着いたか』

その青年は、私の目の前に歩み寄ると、嬉しそうに目を細めた。

「あなたは……」

突如現れた青年に困惑する。戸惑う私をよそに、青年は親しい間柄のように、にこやかな笑みを私に向けて、私の手を取り、両手をブンブンと力強く振る。

『ようやく会えたな！　いやー、こいつから話は聞いていたが、なかなか来ないから。つい過去まで見せちゃったじゃん』

「えっと、あの……」

『あぁ、礼はいいって。サービスってことで。ほら、こうやってようやく再会できたわけだし』

「再会？　以前どこかでお会いしたことがあったのでしょうか？」

話が全然読めない。こいつ、というのは、彼の口ぶりと視線からクロのことだろうから、クロから私の話を聞いていた、ということなのだろう。

だが、いつ？　なぜ？　青年の言葉に疑問を返すと、目の前の人物は親しげに握った手を離し、眉を顰めた。

『は？　お前、まだ記憶戻ってないわけ？』

「記憶っていうのは？」

『あれだよ。俺がお前を生き返らせてやった時の条件だよ』

──生き返らせる？　え？　この青年が、私を生き返らせたと言った？

『なんだよ、ぬか喜びじゃん』

未だ理解ができない頭で真剣に考えてみるが、先ほどの言葉が頭の中でグルグルと駆け巡る。

青年は手を腰に当てると、不貞腐れたようにフンと顔を背けて、不機嫌さを露わにした。だが、私はそんな彼を気に留めることもできずに、ただ絶句していた。

《俺がお前を生き返らせてやった》確かに、目の前の人物はそう言った。

だとしたら、彼は……この人は一体何者？

「私が生き返ったのはあなたの力なのですか？」

『え、そうだけど。あー、そこからか』

私の精一杯の問いかけに、面倒臭そうに黒馬へと視線を向け、私と同じ黒髪を乱暴に掻いた。

『仕方ない。過去を見せてやる』

青年の言葉と共に、湖の水がポチャンと音を立てながら、風に乗るように浮かぶ。その水は、巨大な布のように、湖面から空にかけて大きく浮かび上がった。

そこに、青年が何やら手から水を目掛けて光を放った。すると、信じられないことに、その水でできた巨大な布が私の姿を映し出したのだ。

「水に私の姿が！　これは一体」

『スクリーンというやつらしい。光の娘……あー、聖女だっけ。あいつの過去を覗いた時に見つけた。これだと手っ取り早いからな』

スクリーン？　聞き慣れない言葉ではあるが、それよりも、そのスクリーンとやらに映る私の状態が信じられずに、ただ茫然と見つめる。

――これは……今見ているのは、私が死んだあとの私……ということ？

そのスクリーンとやらに映る私は、体の上に魔術師団の黒ローブを掛けられた状態であった。間違いなく、賊に襲われてテオドール様がやってきた後の私なのだろう。ここまでは、意識を失った状態で見たものと一緒。

でも、その後、誰かの声が聞こえて、私はまた意識を失ったため、この後のことは知らない。それを見せてくれる、ということなのだろうか。

隣に立つ謎の青年をそっと窺い見ると、『ほら、お前が覚えていない部分を見せてやるから、ちゃんと見ておけ』と、その水でできたスクリーンとやらを顎で指した。

青年に言われるまま視線を水へと戻すと、私が横たわった周囲に黒い靄が囲む。と共に現れたのはこの青年であった。

スクリーンの中の青年は興味深そうに私を眺めたあと、私のほうへと手をかざしながら目を閉じた。数秒なのか、数分なのか。しばらく目を閉じていた青年が面白そうに口角を上げる。

『あれは、お前の過去を見ていたんだよ』

「そのようなことが可能なのですか⁉」

『俺はね』

私の隣に立つ青年から、補足のように説明が入る。だが想像もできないことが次々に起きていて混乱中の私は、ただ青年とスクリーンを何度も交互に見るほかなかった。

『ほら、次がいいとこ』

その青年の言葉に、スクリーンへと視線を注意深く向けると、信じられないことに、死んでいたはずの私の体から、幽霊のような白い靄がかかりながら、空に浮いた私が出てきたのだ。

『あれは、お前の魂みたいなもん、かな』

「魂……あれが死後の私？」

『そっ』

死後の私は浮かびながら周囲を眺めると、サラの元へと移動し、透けた体でサラを抱き締めながらシクシクと泣いた。自分のはずなのに、覚えていない。それでも、もう一人の私の心からの痛みが私の胸に響いてくるようで、苦しくなる。

『悲しいか』

そう問いかけたのは、スクリーンの中の青年であった。その声に、泣きながらサラに抱きつく私が顔を上げる。

《悲しい》

『なぜ？』
《みんなを傷つけてしまった。家族を、聖女を、御者を、サラを》
サラの体から離れようとしない私に、青年は楽しそうに笑う。
『お前の魔力は面白いな。闇の力がとんでもなく大きい。……久々に遊んでみる、か』
ポツリと呟いた青年に幽霊の私は気がついていないのか、顔を上げることはない。だが、次に青年が問いかけた言葉が、空気を変えた。
『生きたいか』
《死にたくない。怖い。生きたい》
幽霊の私が顔を俯かせたまま、ブルブルと震える体を両手で抱き締める。
『そうか。その生への執着心は嫌いじゃない。その女が大切か？』
《サラ、大切……私のせいで死なせてしまった》
『そいつが死なないとしたら、お前は何を差し出す？』
《サラが……死なない……？》
青年の言葉に、幽霊の私は顔を上げた。顔色も全く分からないような顔で青年を見つめると、青年へと近づき、必死に詰め寄った。
《私を！　私のせいでこうなってしまったの。彼女は悪くない！　私のせい……。私、私をあ

げるから、サラと御者を助けて》

黙って聞いていた青年は、私の返答にニヤリと笑う。その笑みは、ただ面白そうなオモチャを見つけた子供のように悪意もなく、純粋に楽しそうな笑みだった。

『それが本心かどうか、観察するか。……よし、お前にやり直すチャンスを与えてやる』

《やり直すチャンス？》

『このチャンスを生かすも殺すもお前自身。さぁ、彷徨える魂。過去に戻り、あがいてみよ』

青年がそう私へと声を掛けながら手をかざすと、嵐のような暴風が森を襲う。木々が揺れて細かい枝が葉と共に、酷い音を立てながら舞う。

と共に、スクリーンはプツン、と暗闇に変わる。

湖の水は、スッと静かに、湖面へと吸い込まれるように消えていった。

『分かったか？　つまり、俺がお前を生き返らせてやったんだって』

その声にハッと顔を上げると、楽しそうにキラキラと輝く瞳で私を見る青年の姿があった。

「つまり……あなた様は……」

こんな、人を生き返らせるなんてことを、本当に奇跡のようなことをできてしまう人物がいるなんて。

できるとするならば、圧倒的な力の持ち主だけだろう。例えば……そう。一度、精霊召喚の儀で感じたような圧倒的な存在。だが、この人……いや、この精霊は光の精霊王ではない。ということは、このお方は。

『そう。俺が闇の精霊王』

何でもないことのように言った青年——もとい精霊王は、八重歯を覗かせながら、私に明るい笑みを見せた。

なぜ、精霊王が。私の戸惑いに、精霊王は『あぁ』と一人納得するように頷く。

『なぜ生き返らせたか、だろ？　それは単に興味を持ったから、だな。俺たち闇の精霊は元々違う森にいた。この国の隣の国だ。だが、あの国は自然が少なくなり住みにくくなったから、ここに越してきたんだ。でも、ある日、いつもは静かな森が騒がしかった。あ、お前が野蛮な奴らに襲われた時な』

「あの日……」

『あの日、人間の魔術から精霊の力を感じた。それで何事かと見に行ってみたら、闇の魔力が相当強いお前に会った、というわけだ。……まぁ、死んでいたけど』

精霊の力？　闇の魔力が強い？

精霊王がサラッと流した言葉に、疑問が多々生まれる。

そんな私に、精霊王は『説明下手か？』と、顎に手を当てながら黒馬に問いかけた。黒馬はそれに『王は適当ですからね』と冷たく返している。

『そういうわけで、久方ぶりに興味を持った人間に加護を与えてみた、というところだな』

え？　加護？　信じられない言葉に思わず目を見開く。精霊王からの加護……ですって？

「あの、加護……というのは……」

『あ？　そりゃあ加護って言ったら、あれだよ。俺の力をお前に貸してやっただろ？』

精霊王の力が、私に？　両手を握りしめて自分の体に流れる魔力に集中してみたが、感じられるのはクロの魔力だけだ。精霊王の力など少しも感じることはできない。

「一切そのような力を感じないのですが……」

おずおずと精霊王を窺い見ながら伝えると、精霊王は目を丸くしてキョトンとした顔をした。

『王。娘の魔力をまだ返しておりません』

『……あ。悪い、悪い。ここに来たら返そうと思っていたんだった』

黒馬が艶やかな毛並みを風に靡《なび》かせながら、私の側に近寄る。精霊王は思い出したと言いたげにポンと手を叩く。

「私の魔力が戻るのですか!?」

まさか、私の魔力は精霊王が持っていたとは……。信じられない思いのまま、思わず大きな声になってしまう。私の勢いに、精霊王は驚いたように目を丸くした。

『お、おう。お前に加護を与える時に抜き取ったんだよ。俺は人間の未来が変わる姿を見てみたい。お前は悔いた人生をやり直したい。だが、俺はただで力を貸すことはしない。お前が俺の力を貸すにふさわしい人間と分かるまでは、俺がお前の魔力を預かっていた、というわけだ』

確かに、ただ生き返らせてくれというのは都合のいい話だ。精霊王の言い方を考えると、精霊王は私を試していた、ということなのだろう。加護を与えるに足る資質があるか否か。

「ふさわしくなければ……。私がやり直す前と変わらなければ、どうなっていたのでしょう」

『その場合は、魔力なしで長くは生きられなかっただろうな』

その答えに、思わず背中に冷や汗が流れるのを感じる。つまり、精霊王の期待に応えられなかった場合、私は魔力枯渇のまま、風邪をこじらせて死んでいた可能性が高いということか。

想像するだけで恐怖に体が震える。クロが心配するように私の足にクロの前足を乗せて、私の顔を下から見上げた。

そうだ……。クロがいた。クロが契約をしてくれたから、私の体は普通に生活することが可能になったのだ。

「ク、クロが……クロが私と契約してくれたのは……」

『こいつがついていきたそうだったから、許した。俺はお前がどうするのか見たかったけど、最初は手を貸すつもりはなかったんだよ。でも、お前を監視するには誰かしら側にいると楽だからな。こいつにお前の様子を聞いていたんだ。それにこいつは、相当お前のことを好んでいるらしいな。……悪いことなど一切口にしなかったよ』

「クロが……」

『普通は俺が過去に戻してやっても、生き残ることはほぼできないんだけどな』

クロへの感謝で胸が熱くなっていると、それに水を差すような精霊王の言葉で、クロへ向けていた微笑みのままピシッと固まってしまう。

ギギギと鈍い音が聞こえそうな首を精霊王へゆっくりと動かして、視線を向ける。精霊王はひとり『おっさんの末裔もいたし、お前はラッキーだよな』と小さくボソボソと呟いている。

だが、精霊王のいう《おっさんの末裔》が誰のことを指すのかは全く分からない。でも、あまりに衝撃的なことが続いたせいで、そこを聞き返す余裕さえもない。

でも……つまりは、私は色んなタイミングや行動が違っていれば、今はもう生きていなかったかもしれない、ということなのだ。

『まぁ、今のお前を掴み取ったのはお前自身だ。久々に楽しませてもらったし、本当にお前を選んでよかったよ』

精霊王は嬉しそうに明るい笑みを私に向けるが、渇いた笑みで返すことしかできない。

「あの、闇の力とはどのようなものなのですか？」

『それは、自分で確認してみればいい。ほら、お前の魔力を戻してやる』

精霊王は、いたずらっ子のようにニヤッと笑った。そして、手から淡い光の玉を浮かび上がらせる。その玉は精霊王が私のほうを指差すと、その動きに合わせて、光を放ったまま私の胸に吸い込まれるように消えていく。

何？　何が起きたの？

戸惑う私をよそに、胸に消えた光は体に馴染むように全身を包み、魔力が巡る。

信じられないほど、自然に私の中に取り込まれた魔力は、以前とは比べものにならないぐらいに大きなものへと変化する。

「これが……？　いえ、私の魔力はこんなに強くはなかったはず」

『そりゃあそうだろ。俺の力を貸してやっているんだから、前より相当強くなっている。しかもお前は自分の適性を水だと思っていたようだが、それは違う』

「……どういう意味でしょうか」

『お前の力は闇でこそ発揮できるんだ。水はそこそこ適性ありのレベルだな』

これが、精霊王の力？　ほんの一部しか借りていないはずなのに、こんなにも自分の中から力が湧き上がってくるなんて。

本当に現実なのかと自分の両手に見入っていると、黒馬が『王、そろそろ時間です』と精霊王に伝えているのが耳に入り、顔を上げる。精霊王は黒馬を見ながら嫌そうに眉を顰めた。

『仕方ない……そろそろお前を一度人間のところに戻さないとな』

「戻る時間……ですか？」

『不思議そうな顔をするな。俺は光のおっさんとは違う。あぁ、おっさんって、光の精霊王な。あいつ口うるさいから、かれこれ百年ぐらいは顔合わせてないんだよ』

「え、あの……」

闇の魔力についても聞いていないし、それに加護のことだって。このまま戻っても本当にいいのかと口ごもるが、精霊王はそんな私を手で制した。

『大丈夫。また会える』

「またお会いできるのですか？」

『あぁ、もちろん。お前は俺の……』

『王、もう時間です』

精霊王が私に何かを伝えようとした瞬間、黒馬が周囲を見渡して、言葉を被せるように強い口調で精霊王に声を掛けた。

『分かったって。……そうそう。俺のことはネルって呼んでくれよな』

「あ、あの。ネル様、ありがとうございます」

精霊王は私に微笑むと、クロを抱き上げて私に手渡した。なすがままにクロを抱きとめると、精霊王は『次は俺がお前のところに行くから、それまで待っていて』と優しく私の頭を撫でた。

そんな精霊王を見ながらゆっくりと目を閉じて、再び目を開ける。


そこには、驚いた顔の殿下が眼前にいた。

◆◇◆◇◆

森から帰ったあと、私と殿下、そしてテオドール様はミリシエ領主館の応接間に移動した。

先ほどまで私に起こっていたことを、彼らに私から説明していたのだ。

「つまり魔力が戻った、ということなのだな？」

「……はい」

「しかも、闇の精霊王から加護を与えられていた、と」

殿下は、私の説明が一通り終わると、ポカンとした表情のまま「驚いたな」と独り言のように呟き、大きく息を吐いた。

テオドール様は、私が精霊の地から帰ってきた時にはおおよそのことを把握していたのか、私の説明に静かに頷くだけであった。

「これからどうすればいいのか、私も混乱してしまって……」

困惑する私に、隣に座る殿下が私の髪を一筋掬うと、そこに口付けをする。

まるでおとぎ話の挿絵のような殿下のその姿に、思わず胸が高鳴る。だが、殿下はそんな私の心情など気付きもしないかのように、柔らかい微笑みを浮かべた。

「ラシェル、よかったな」

「え？　よかった、ですか？」

「魔力が戻ったのは、ラシェルが諦めずにここまで頑張ったからだ」

「私ひとりではありません。サラやテオドール様、それに何より殿下……あなたのお陰です」

「ラシェル……本当に、君は私を浮かれさせるのが上手いな」

殿下は私の髪を優しく丁寧に一撫ですると、頬に手を添えて、私の顔を覗き込むように顔を寄せた。殿下はまだ全ての説明をしていない私に対して、それ以上聞き出そうとはしなかった。なにより、それに気がついていてなお、私を尊重してくれ、また心から想ってくれる。その物言いが何より胸に沁《し》みる。

「それにしても、闇の加護か。つまり、ラシェルは、闇の聖女になるということだな」

「闇の聖女、ね。ラシェル嬢、闇の精霊は隣国に暮らしていたということだよな」

「はい、精霊王は確かにそう仰っていました」

テオドール様はその答えに、深く考え込むように、「そうか」と呟いた。

「つまり隣国には、闇の加護を持っていた人物がいる可能性があるな」

「隣国か。私の母である正妃も隣国出身だが、国交が復活してからも、あの国は謎が多い。何より隣国の王族も、一癖も二癖もあるような奴らだからな」

「うーん、とりあえず隣国に闇の精霊が存在するか、俺も探ってみるか」

隣国——昔は同じ国であったらしいが、国が分かれてからは一切の交流を持たなかった。

だが先王が同盟を結び、陛下が隣国の王女を娶《めと》ったことで繋がりを持つようになったようだ。

それでも隣国の内情には秘密が多く、探るのは極めて困難なようだ。それは、隣国の元王女を母に持つ殿下でも同様らしい。

「それで、闇の力というのはどういうものなのか。ラシェル嬢はもう分かっている？」

「それが……精霊王からは、私が力を取り戻せば、自ずと分かると言われただけで。力は感じるのですが、使い方までは」

テオドール様の言葉に、私は視線を床へと下げる。

「ラシェル、あまり気にしなくていい。隣国を知っていくことが、闇の力を知ることに繋がる可能性だってある」

「殿下、ありがとうございます」

焦る私の気持ちを汲むように、フォローしてくれる殿下の気遣いに心が軽くなる。ほっと胸を撫で下ろしていると、クロが何かを口に咥《くわ》えながら私の膝にピョンと登ってきた。

『ニャー』

クロは私が精霊王に精霊の地から出された時に一緒に戻ってきたのだが、それと共に前のように鳴き声しか聞けなくなった。

精霊の地では、クロとおしゃべりができたため、寂しくはあるが、それも仕方がないのだろう。

「お花？　しかも枯れているわね」

クロから花を受け取る。その花は枯れてしまったチューリップだった。しおれてしまって、しなっと花が下を向いてしまっている。

用は済んだとばかりにクロは床へと飛び降り、テオドール様の足元にトコトコと移動した。

「花瓶に挿せば、少しはいいかしら」

折角綺麗な花なのだから、できる限り長く美しさを見ていたい。そう願いながらチューリップを両手で丁寧に持つ。

すると、不思議なことに、手の中のチューリップが、萎《しな》びていた状態からゆっくりと瑞々しさを取り戻す。まさに今、切ってきたばかりのような生き生きとした姿に戻ったのだ。

「なっ……」

「えっ！」

花の変化した姿に、驚きで思わず手から、チューリップが滑り落ちそうになる。それを、殿下がすかさず、私の手を支えるように握った。

「しおれていた花が……。これはどういうことでしょう」

信じられない思いで隣を見遣《みや》ると、殿下も目を見開いてチューリップを凝視している。

テオドール様だけは、冷静に私の手元を見た後、クロと顔を見合わせるようにクロを抱き上げた。クロは機嫌がよさそうにテオドール様に向かって『ニャ』と可愛らしく鳴いた。

「なるほどね。黒猫ちゃんはあえてヒントを持ってきたらしいね」

「どういうことですか？」

「精霊王の説明だと不十分だったから、ラシェル嬢が自分で力を発現できるように、一番簡単な力の使い方を教えにきたというわけだろうな」

テオドール様の言葉からすると、今の力が闇の力ということなのだろう。

「では、闇の力……とは……でも、そんなことが？」

手に持つ花が僅かに震えてしまう。でも、この力が本当にあるとしたら、闇の精霊王が私を過去に戻すことができたことも理解できる。

光の精霊王が私を見た時に『未来を変えたのか』と眉を顰めた後に、過去に遡ったことに気がついて面白がった表情をしていたのも、何となく理解できないことではない。

つまり、未来を知ることは、光の精霊王以外にはできない。

そして、過去へと時を戻すことは闇の精霊王にしかできない、ということなのだろう。

隣に座る殿下も同じように顎に手を当ててしばし考え込んだ後、ハッと顔を上げた。

「そうか。光の力とは時間を早める力。対する闇はその反対……時間を過去に戻す力、ということなのか」

◆◇◆◇◆

ラシェルから話を聞き、私は内容を整理しようと、ひとり客間へと戻った。バルコニーから外を眺めていると、夕日が鮮やかに空一面をオレンジ色に染め上げ、心が安らぐ気がした。

その時、コンコンと響くノックの音に振り返ると、そこにはテオドールの姿があった。

「ルイ、大丈夫か？」

バルコニーから部屋の中へと戻り、テオドールと共にソファーに向かい合わせで腰掛ける。

テオドールは私を気遣いながらも、表情はいつもと同じく涼やかで落ち着いた様子だ。

こういう時、特に実感する。ラシェルの話に動揺を見せた私とは違い、テオドールはいつだって少し前を歩いていて、大人びた対応を軽々としてくる、と。

「……驚きはしたが、大体は理解したつもりだ」

「そうか。でもよかったんじゃない？　ラシェル嬢は魔力が戻ったし、精霊王からの加護を受けたとなれば、誰もお前たちの結婚を阻止することはできないだろうし」

——そう、よかったのだ。これは私が望んだ結果だ。

「で、その割には浮かない顔をしている訳は？」

「浮かない顔をしているか？」

テオドールの言葉に、思わず眉間に皺が寄るのを感じる。

ラシェルのことを考えると、よかったと思っていることは紛れもなく本心だ。だからこそ、テオドールの指摘には、心外だ、と思わずにはいられない。

「あぁ、俺にはそう見えるけどな」

「まぁ、お前が言うのだから、きっとそうなのだろうな。……意外と自分のことは自分では見えないものなのだな」

「あぁ、そういうもんだよ。お前は今までが異常だったんだよ。子供が自分のことを客観的に見て、全てを把握しているような顔をしていたからな」

「私にとっては、それが普通で当たり前だったんだ」

「まぁ、生き方なんてもんは人それぞれだ。生まれた環境、家族、出会う人。少しでも違えば、同じ人間でも違った考えを持ち、別人みたいになる可能性だってあるからな」

私が己の感情を持て余すことが増えたのも、他人を思いやる気持ちを持ったのも、全てはラシェルとの関わりが大きい。私の小さい時を知るテオドールにとっては、まるで別人のように見えるのだろうな。

それでも、私が私であることは変わらない。自分という人格は変わらない。だが、内面はいくらでも変わることができるのだろう。それを私は、自身の経験で分かっている。

──そして、おそらくラシェルも……。

ふと頭に過《よ》ぎった愛しい彼女の姿を思い描き、彼女のことを深く考え込もうとした瞬間、それを遮るかのようにテオドールの言葉が私を現実へと引き戻した。

「お前は何となく分かっているんだろ？」

「何がだ」

「ラシェル嬢のことだ」

テオドールは、こいつにしては珍しく真剣な表情で、私へと視線を真っ直ぐに向けた。

「精霊王の加護を受けたこと。それと魔力枯渇は関係があるということだ」

テオドールのことだから、私と同様の結論には既に辿り着いていると感じた。そして、テオドールもまた、ラシェルのことを心配しているのだろう。

というのも、いつものからかう雰囲気を微塵も出さずに、核心に迫るのが早いことからして、テオドールが私の部屋に尋ねてきた理由は、この話をするためなのだろう。

「そうだろう、とは思っている。もちろん」

「ラシェル嬢に直接問いただすのか？」

問いただす？　魔力が闇の精霊王が住む精霊の地にあったというのならば、魔力枯渇を起こした2年前に何があったのか。そもそも、なぜ闇の精霊と契約できたのか。

魔力の鍵がこの森だと、どうして気がついたのか。闇の精霊の力が時を戻す力であるならば、精霊王の力とは——。様々な疑問と、それに対する仮定が自分の頭に浮かぶ。

「……だが、それをラシェルに問いただしてどうなる？」

「疑問が晴れてスッキリするんじゃない？」

確かに以前の自分であればそうしただろう。ラシェルの気持ちを考えずに、国にとってのメリットと、自分の知りたい感情だけを優先した。だが、今は違う。

「……そんなことに意味はないだろう？　私にとって、目の前のラシェルだけが全てだ。彼女が諦めずに進んだ道が、ラシェルにとっての今、この道だ」

2年前、彼女の中できっと何か大きなことがあった。それは確信している。それでも、それを聞き出したいとは思わない。

「魔力枯渇の原因がなんであろうと、彼女の歩んできた道のりは消えない」

「あぁ、そうだな」

「きっとラシェルはこの先も、前だけを見て進むのだろう。だからこそ、私がしなければいけないのは、ラシェルを利用しようとする輩から守ることだ」

ラシェルがどんな時に喜び、何に心躍るのか。それを理解したいとは思っても、彼女の全てを暴きたいとは思わない。

彼女を尊重し、困難な時には真っ先に手を差し伸べられる。そんな男になりたい。

私の言葉に、テオドールは目線を足元へと落としながら、安堵したように息を吐いて笑った。

すぐに顔を上げたテオドールは、どこかスッキリしたような清々《すがすが》しい表情で私を見た。

「……よかったよ。俺の予想が合っていたようで」

「予想？」

「何でもない。お前たちはお似合いだよ。俺の想像以上に」

「それは……。そう見えているなら嬉しいことだな」

「……きっと、お前なら守ってくれると信じているよ」

「は？」

テオドールにしては、はっきりしない物言いに首を傾げる。だが、テオドールは「いや、こっちの話」と静かに笑って話を切り上げてしまった。

「そうか？　まぁ、いい。それでお前の予想は合っていたのか？　闇の精霊の力の特性について」

テオドールは比較的早い段階で、闇の力について見当がついていたようだった。だが確信を持てるまでは報告するのは難しいと言われ、今まで、踏み込んだ会話はしていない。

だが、そろそろいい頃合いかと思い、テオドールに話を振ると、テオドールはニヤリと口の端を上げて、頷いた。

「おおよそ。光の力は進める力だ。聖女が使える力というのは、生命の時間を進める力。植物を通常よりも早く成長させ、人の怪我を早く治す力。奇跡の力だからこそ、王家……と、勝手に知った俺みたいなやつ以外は知ることができないのだろう？」

そう、聖女の力は王家にのみ伝わるものだ。奇跡の力というのは、国を豊かにすることができるが、反対に国を揺るがす可能性も大きい力だ。

「あぁ。悪用されることも、聖女を他国に取られることも、国にとっては大きな問題だ」

ただ、この話はあくまで光の加護を受けた、光の聖女の場合。闇の精霊と契約したのも、闇の精霊王の加護を受けたのも、この国の記録上ではラシェルが初めてだ。

だからこそ、彼女に危険が及ぶ可能性があるかどうかを含め、国民への公表などは慎重に決めていかなければいけない。

「それから闇の力。ラシェル嬢の力がどこまで使えるものなのかは分からないが、光の力の反対……ということは」

「負傷する前に戻すことや、植物が病気になる前に戻すことができる、と考えられるだろうな」

「精霊王の力を借りる加護といえども、人間が使える術には限度があるだろうけどな」

ラシェルのことを考えながら、意図せず自分の口から笑み交じりの息が漏れる。

「どうした？」

「いや、つくづくラシェルは私の想像を超えてくると思って」

その言葉に、テオドールもたまらずといった様子で噴き出しながら「同感」と肩を震わせた。

「で、これからどうするわけ？」

「そうだな。まずは、一番身近な敵からけりをつけるさ。……ただ、その前にやりたいことがある。それが先だな」

そうテオドールに告げながら、きっと今も自分の力に混乱しているであろうラシェルの顔を思い浮かべた。

7章　新しい未来へ

　今、私の目の前には、茫然と声を失っている両親がいる。

　すぐに正気に戻ったのは、父だった。だが、瞳の揺れから父の動揺が見て取れる。

「驚いたな……。ミリシエ領から娘が帰ってきて、久しぶりの家族団欒《だんらん》と思っていたら……まさか、そのような報告をされるとは」

「あの、申し訳……」

「いや、ラシェルが謝ることはない。そうではないんだよ。まさか、闇の精霊王が存在し、娘が加護をいただけるなど考えたことなかったからな。想定外のことに驚いてしまった」

「本当に驚いたわ。……でも、ねぇラシェル。魔力が戻って本当によかったわね」

　私の向かいのソファーに並ぶ両親は、私が報告した内容——精霊王の加護を受けたという事実に、初めは絶句していたが、徐々に顔の強張りが解けてきた。

「問題は、陛下が今回の件を耳に入れてどうするか、だな」

　父の言葉に、一瞬緩んだ空気が一気にピリッとし、周囲に緊迫感が漂う。

　——そう、陛下のことがある。陛下の顔を思い浮かべると、あの冷たい視線を思い出し、ゾッとするような寒気を感じる。

「陛下のことだから、自分の治世に光と闇それぞれの精霊王から加護を受けた聖女が誕生したことを、ここぞとばかりに利用するだろうな」

「あなた、そんな……ラシェルは陛下から、王太子殿下との婚約を解消するように言われたのですよ。それが……ラシェルを利用などと」

「あぁ、お前が言いたいことは分かる。だが、陛下はそういう方だ」

今回のことはそう遠くない未来に陛下の耳に入るだろう。もちろん、父も黙っておくわけにはいかないことも分かっているだろう。その上で、私のことを心配してくれている。

父は深くため息を吐くと、私へと気遣うような視線を向けた。

「ラシェルが精霊王の加護を受けたことを知るのは、殿下とフリオン子爵、そして私たち。今のところそれだけだね？」

「はい。殿下からも、この件は慎重に動かなければいけないから、お父様とお母様だけに報告を、と言われております」

「そうか。……殿下は本当にお前のことを第一に考えてくれているのだな。安心したよ」

父の言葉には、殿下に対する信頼を感じる。陛下から婚約を解消するように言われた時から、父の陛下に対する評価はかなり低下していることがわかるからこそ、父が殿下のことをよく思ってくれていることに、内心ほっとしてしまう。

私の心配そうな視線に父は気がついたのか、私に対し穏やかな微笑みを向けた。

「これからの時代は、そんな殿下のような王が求められるのかもしれないな。殿下はあの陛下の血を継いでいるだけあって、カリスマ性と行動力がある。だが、陛下と違いまだ若いからこそ、柔軟さがある」

「年齢が関係するのですか？」

陛下と殿下はどちらも、人の目を引く圧倒的な存在感があり、佇《たたず》まいだけでざわめきを一瞬で黙らせることができそうな雰囲気を持つ。

だが、殿下を深く知る中で、徐々に陛下と殿下が似ているとは思えなくなった。きっと、あの殿下の陽だまりのような温かい視線と陛下の氷のような視線、それに周囲に纏う空気が全く異なることを知ったからかもしれない。

私がピンときてないことに気付いた父は「まだラシェルには分からないよ」と優しく笑う。

「私もそうだが、君たちと違ってこの年になると、徐々に変わることが難しくなるのだよ。私にもラシェルのように若い時代があって、沢山の出会いや別れの中で今の自分がいる。それを否定することは、自分の人生を否定することになりかねないからね」

つまりは父ぐらいの年齢になると、様々な壁を乗り越えて失敗を繰り返し、色んな経験をしてきたことで己を築き上げた、ということなのだろう。

私はまだ親元にいて、守られてきたが、今後家を出ることで、自分の力で何とかしなければいけないことが増えるだろう。その時に、失敗も沢山するだろうし、手を貸してくれる人やどうしても合わない人と関わらなくてはいけないこともあるだろう。

だが、そんな経験が自分を作り上げていく、ということなのかもしれない。

「だからこそ、自分はこれでよかったと納得するための後付けをして、安心したいのかもしれないね。……もちろん、お母様と結婚してラシェルが生まれて、いい人生を送ることができていると感じているからこそ、そう感じるのかもしれないが」

「お父様……」

「最近の殿下は、仮面の下に隠した刺々しさが随分薄まったように見える。他者からの意見を聞き、その中で最善を導いていくことに優れているようだな」

「まぁ、あなたったら。王族に対してそのような……不敬ではありませんか？」

「臣下といえども、領民を守る責任がある。仕える相手が正しいかどうか判断することもあるさ」

確かに、父には父の責任がある。守るべき人たちを自分の手で守るためには、様々なところに注意を払う必要があるのだろう。

「それにラシェルは殿下の妃になるのだろう。となれば、マルセル家の力はさらに増す。と同時に、その恩恵に与《あずか》ろうとする輩は増えるからな。だから、ラシェル……」

「はい。私が今まで以上にしっかりしなければいけないのですね」

今回の闇の精霊王からの加護もそうだ。殿下も同じように、私の身に降りかかる危険に対する警戒心を露わにしていた。だが、自分が目指すのは、守ってもらうだけの人間ではない。

大切な人を私も守りたい。そのためには、甘い考えを抱くのではなく、相手が自分や殿下にとって危険でない人物かを私が見定めていく必要もある。

「ラシェル、あなたの頑張りは私もお父様も分かっているわ。でも、あまり自分を追い込み過ぎないで、何かあれば私たちや殿下を頼りなさいね」

「はい、お母様。ありがとうございます」

「それで、明後日は殿下と出かける予定があるのでしょう?」

先ほどまでの重い空気を払うように、母は楽しそうにニコニコと微笑みながら、私に問いかけた。

「はい。ミリシエ領で殿下と別れる時に、王都にある離宮に誘われまして。庭園が美しく、花の宮と呼ばれているようでして」

「まぁ、花の宮！　建国時からあるといわれる歴史深い離宮の一つね。殿下ったら、意外とロマンチストなのね」

「ロマンチスト？」

「いえいえ、こちらの話よ。それなら、春らしいドレスがいいわね。水色か……あの黄色の花柄もいいわね」

「お母様……あの、その辺は自分で……」

今にもこの部屋を出て私のドレスを探しに行きかねない母を抑えるべく声をかけるが、母は瞳を輝かせながら首を横に振った。

「あら、娘のドレスを選ぶ機会なんて、あと少しなのよ？　お母様にも選ばせてちょうだい」

「では父が髪飾りでも選ぼうかな」

「あら、嫌だわ。父親が選んだ髪飾りをデートで着けてきたなんて殿下が知ったら、微妙な気持ちになるじゃない。こういうことは女同士で楽しむことなのよ。ね、ラシェル」

「……はぁ。分かった、分かった」

父はわざとらしく息を大きく吐いて、肩を竦めてみせた。そんな両親の様子に、思わず自分の口から笑い声が漏れてしまう。

そして、そんな私の様子に、父も母も優しく慈しむ視線を向け、穏やかな空気が流れた。

母は宣言通りに、その後ドレスやアクセサリーを、私の部屋を埋め尽くす勢いで並べ始めた。私はもはや母の着せ替え人形のようで、何着のドレスを着替えたのかさえ、はっきりしない。

淡いミントグリーンのドレスに決定した時には、疲れ果て、ソファーでぐったりと横になってしまった。それでも、満足そうな母の顔を見て、それはそれでいいか、と思い直す。

ただ疑問もある。王宮舞踏会や王妃主催のお茶会ではないのに、なぜここまで気合が入っているのだろうか。

母に尋ねたところ「殿下とのデートは久々なのでしょう？　だったら殿下が驚くぐらい綺麗な姿を見せたらどうかしら」とにっこりと笑みを向けられた。

◆◇◆◇◆

そして、あっという間に、当日になった。

殿下が迎えに来たという報せを聞き、広間へサラと共に向かう。階段を下りると、いつも同様、窓から差し込む陽の光にキラキラと輝く金髪が目に入る。

殿下は私に気がついて振り返った瞬間、驚いたように目を見開いた。そして、すぐ嬉しそうに目を細めて、微笑みを向けながら私のほうへとゆっくり歩みを進めてくる。

きっと、今この場に他の女性たちもいたら、皆が殿下に魅了されてしまうのではないかと思うほど、殿下の微笑みは甘く優しく……それでも瞳に宿った確かな熱を感じる。

「ラシェル、とても綺麗だ」

殿下は私の目の前まで来ると、手をそっと差し出す。その手に添えるように自分の手を乗せると、殿下は笑みを深めた。

私はそんな殿下の甘い熱に浮かされるように頬が紅潮するのを感じる。辛うじて「殿下もとても素敵です」と告げたが、声は震えていないだろうか、と心配になってしまう。

——なぜかしら。殿下に会うのは久しぶりというわけではないのに……殿下にお会いするだけでこんなにも胸がドキドキして、ギュッと締め付けられる。

「ありがとう。今日はこんなにも美しい君を独り占めできると思うと、嬉しくて仕方がないよ。今日を楽しみに思っているのは、私だけではない……そう己惚《うぬぼ》れてもいい？」

殿下は私の目から視線をそらさず、握った私の手を口元まで運び、そっと口づけた。

「で、殿下」

「どうやら私は、自分で考えている以上に浮かれているようだ」

殿下の言葉と手に触れた唇を意識すると、顔から火が出そうなほど熱くなる。そんな私を優しい顔で見ながら、殿下は楽しそうに笑い声を漏らした。「さぁ、そろそろ行こう」と私の手を引く殿下を、隣で歩みを進めながらそっと見上げる。

私の視線に不思議そうに「どうかした？」と尋ねる殿下に、思わず「うっ」と言葉に詰まってしまう。それでも、いつも殿下からの言葉を待っているのではなく、自分の気持ちも伝えなければ、とおずおずと口を開く。

「……あの、私も。私も今日を楽しみにしていました」

ふり絞るような私の小さい声に、殿下は僅かに目を見開いた。そしてその直後、頬を微かに赤らめながら破顔した。

殿下と一緒に馬車に乗りながら、そういえば、こんな風に気負わずに出かけるのは久しぶりかもしれない、と考える。

最近は闇の精霊が住む精霊の地のことばかりが気がかりだった。それに、自分の魔力を取り戻すことに必死だったから、朝からずっと殿下のことばかりを考えて、ドキドキして……そんな日を過ごすことがくすぐったく感じる。

視線を殿下へと向けるだけで、すぐに微笑みを返してくれる。殿下との会話を楽しんで表情を見落とさないように、自分の全部を殿下に集中させる。そんな時間はなんて幸せなのだろう。

侯爵邸から出発した馬車は、あっという間に離宮へと到着した。

先に馬車を降りた殿下の手を借りながら、馬車を降りると、色とりどりの美しい花が視界いっぱいに広がった。

「綺麗……素敵なところですね」

「あぁ、ここは三百年前の王女がとても愛した離宮といわれている。彼女は若くして亡くなったのだが、この宮の花々はその当時と変わらず美しい花を咲かせているんだ」

「そうなのですね。だから花の宮と呼ばれるのですか？」

「あぁ。この場所には特別な術が掛けられているらしく、他の場所よりも土がいいそうだ」

王宮や貴族の庭園、王立公園など、美しい庭園はこの国には沢山ある。だが、ここはそれらとは何かが違う。綺麗に整えられているのだが、それでもどこか、自然というのだろうか。まるで童話の中の花畑に迷い込んだような、そんな自然さがある。

思わず周囲を見渡しながら見入っていると、クスッと微かに笑う声が聞こえて視線を動かす。すると、殿下が「ここにラシェルを連れてくることができてよかったよ」と微笑んだ。

「こっちに面白い場所があるんだ。行ってみないか？」

「えぇ、ぜひ」

殿下に手を引かれてさらに奥へと進む。そこには小さな木の扉が隠されるようにひっそりと佇んでいた。その扉に迷いなく殿下は手をかざすと、鍵の辺りがぽわっと淡く光る。

「あぁ、これ？　これは王族しか入れないように特別な術が掛かっているんだ。だから、見た目は木で作られた脆《もろ》そうな扉だけど、実は頑丈で、壊れることがないんだよ」

「私も入って大丈夫なのですか？」

「もちろん。さぁ、こっちへ」

殿下が扉を勢いよく開くと、そこは先ほどまでの整えられた庭とは違い、足元から見上げる空まで一面が草や木、そして咲き誇る花々でいっぱいだった。

「なんて素敵なのでしょう！　まるで花のトンネルのようですね」

「ここは庭師が手入れしていないんだ」

「そうなのですか？　それなのに、こんなにも生き生きと美しく咲くのですか？」

「あぁ。ここもきっと精霊の力が働いているんだろうね」

なるほど、精霊の力か。確かに、あの精霊の地と同様に、穏やかで優しい気持ちになれる不思議な場所だ。目に焼き付けるように花や草木に覆われた空を眺める。すると、ところどころの隙間から陽の光が差し込んで、まるで光の道のように見える。

「あまりに美しくて……言葉になりません」

「分かるよ。私も幼い頃、初めて来た時は驚いた。私が精霊の力を最初に感じたのは、きっとここだったのではないかと思うよ」

殿下が差し込む光に手を伸ばす。すると、殿下の掌を照らす光が、キラキラと宝石が舞うように輝く。思わず見間違いかと、瞬きをするがやはり光の煌めきは変わらない。まるで生きているかのようで不思議な光景だ。

「殿下、ここに連れてきてくださってありがとうございます」

「ラシェル、一緒に来てくれてありがとう」

殿下にお礼の言葉を伝えると、殿下の言葉が重なる。思わずお互いの顔をキョトンと見合わせ、ジワジワと互いが状況を理解すると共に、思わず笑い声が漏れて肩が揺れる。

「どうやら、同じ気持ちのようだね」

「えぇ、そのようです。殿下、私本当に今とても楽しいです」

「あぁ。それも私と全く同じだ」

殿下に応えるように、花びらが私たちの周囲をふわっと舞い上がり囲んだ。まるで魔術を使っているみたいに舞い散る花びらに、感嘆の声が漏れてしまう。

優しく甘い瞳を私に向けながら、殿下は私の髪の毛をそっと触る。近くなった殿下にドキッとしながら、下から見上げると、殿下が花びらをひとつ手に持っている。舞った花びらが私の髪についていたのだろう。

「どうやら花びらたちも、私たちを歓迎してくれているようだね。……さぁ、先に進もうか」

花のトンネルを抜けると、視界いっぱいに綺麗な青空が広がる。足元には小さな可愛らしい花々が色鮮やかに咲いている。

　小さな花は道のように列を作り、それを辿ると、小さな教会のような建物が見えた。

「あの建物は？」

「行ってみよう。あの場所にも連れていきたかったんだ」

　私の問いかけに、殿下は優しく頷き、私の手を引いて建物の前まで案内してくれた。

「小さな教会のように見えますが、ここは？」

「その通りだよ。ここは教会だ。王族がこの離宮に来た時、ここで祈りを捧げているんだ」

　殿下は私に説明しながら、扉を開けて私に中に入るように視線で促した。ゆっくりと教会内に入ると、神官もいないこの場所には誰もおらず物音ひとつしない静まり返った空間だった。

　それでも、まず真っ先に目に飛び込んできた大きなステンドグラスの美しさに圧倒される。よく見ると描かれているのは光の精霊王のようで、陽の光を受けて神々しく輝いている。

「綺麗……」

「あぁ。このステンドグラスを作った職人は実際に精霊王を見たのかと思うぐらいに素晴らしいものだ」

「ええ、召喚の儀での精霊王の神々しさそのままですね」

　今でも鮮明に思い出すことができる。あの精霊召喚の儀で現れた光の精霊王の姿を。

誰が見ても明らかなほど、精霊王の姿は光を纏っており、まさに神とはこのような姿をしているのかと思わずにはいられなかった。

「そういえば、ラシェルは闇の精霊王に会ったのだったね。どんな雰囲気だった？　やはり光の精霊王に似ていた？」

「どんな……」

殿下の問いかけに、何と答えるべきなのかと口ごもる。

「そうですね……光の精霊王とはあまり似ていらっしゃいませんでした。どちらかというと、親しみやすくて……最初お会いした時は精霊王だと気がつかなかったぐらいでした」

「へぇ、意外だな。親しみやすい精霊王か。それは確かに光の精霊王とは違うようだ」

黒髪の笑顔が眩しいあの青年の姿を思い浮かべる。精霊王という存在でありながら、近しい友人のような振る舞いに戸惑ってしまった。

それでもあの方は、間違いなく私の想像を遥かに超える、神の存在である精霊王なのだ。

再びステンドグラスから視線を外すと、壁に沢山の絵が飾られていることに気がついた。

何の絵なのかしら。一番大きいものがまず目に入り、近くでよく見てみようと足を進めた。

すると、どうやら随分と古い絵であることが分かる。

「この絵画は、この国の歴史でしょうか」

「あぁ、そうだよ。この絵が始まりだね。枯れ果てた土地、空から降りてくる天女……これが聖女伝説。つまりは、この国の成り立ちだ」

「これは？」

「こちらは次の聖女が誕生した時だ。光の精霊王から加護を貰っているところだね」

「では、これは代々の聖女の……」

「そういうことだね。この場所には、王家の関係者以外は入ることができない。この絵から秘密が漏れてしまっては困るからね」

なるほど。私も精霊王の加護を受けるまでは、聖女の力がどんなものか知らなかった。

「秘密とは、聖女の力のことでしょうか。こちらの絵には人を癒す様子が……」

「あぁ、そうだ。この力を知られたら、国内はもちろん国外にも争いの種が生まれるからね」

光の聖女の力は、作物の成長を進め、傷を癒すこともできると聞く。対して私の闇の力は、枯れたり病気になった植物を元気な状態へと戻すことができる。つまりは、時間の流れを操る力。

そのような人の理《ことわり》を越えた力を得ようとし、利用したいと考える者は沢山いるだろう。

聖女の力は、使い方を間違えれば、国を豊かにするどころか、国を混乱させて争いの種にもなりかねない複雑なものなのだろう。

「だから、国王はアンナさんと殿下の婚約を推し進めようとしているのですね」

「聖女の力が何度もこの国の危機を立て直してきた。歴代の王たちもまた、国のためにその力を使うように自由を縛ったのだろうな」

「……本当に、そうなのでしょうか」

「え？」

殿下の言葉に違和感を覚える。確かに国のため、聖女を他国に取られないため、力の秘匿のためには、王族と結婚するのが最善であったのだろう。彼女たちの意思を無視して。

それでも、その違和感はどこからくるのだろうかと、絵画を一枚一枚じっくりと見る。

「あぁ、違和感の理由がわかりました。殿下、絵の聖女の表情……どの絵も皆、幸せそうな顔をしています。きっと彼女たちは、自分でそれを選んだのではないでしょうか」

「自由に自分の力を使うこともできず、王家に縛られると知っていてなお、か」

「信じられませんか？」

「いや、そうではない。本来であれば、もっと違う生き方も選べたはずなのにと」

やるせない気持ちになる、ということなのだろうか。殿下は今まで、国にとってメリットや害があるかどうかが大きな基準になっていた。それが国のためとあらば、どんな冷酷な判断でもしていたのだろうし、するつもりだったのだろう。

もちろん、今後も冷酷にならざるを得ない時もあるだろう。それ自体が間違っているわけではなく、為政者としてはひとつの正しい形だとは思う。だが、その生き方に疑問を持った時に、殿下は、他者への思いやりを感じるようになったのだろう。

だからこそ、切ない表情で絵画を見ているのかもしれない。もしくは、私を重ねている可能性もある。精霊王の力を与えられた聖女たちに、私の今後を。

それでも殿下は、今までと違い様々な可能性と道を模索した上で、最善を選ぶのだろう。そんな殿下だからこそ、私は心から尊敬し、いつだって彼のことを信じていられるのだ。

「力を自由にできないと仰いましたが、少なくとも私は……精霊王から借りている力を、自分が正しいと思えることでしか使いません」

私の言葉に殿下は優しく目を細めて「あぁ」と嬉しそうに微笑んだ。

その笑みを見て、ふっと肩の力が抜ける。やはり、殿下は私のことを尊重し、信じてくれているのだと。そう殿下自身が言葉で、態度で示してくれる。

だからこそ、私はあなたと共にいたい。だから、きっと……。

「この絵の彼女たちも私と同じで、自分の幸せが王族の誰かと共にあったのかもしれません。そう信じることも悪くないと思います」

「あぁ、そうだな」

殿下は眉を下げながら、視線を一枚の絵画へと向けている。その絵は、幸せそうな顔をした聖女が愛おしそうに赤子を抱き、その後ろでかつての国王が穏やかな顔で見守っている様子が描かれている。

「幸せな家族、仲がいい親子関係があることは知っている。それでも、私は、このように母に抱かれた覚えも、父のこんな温かい視線も受けたことがない。……この絵は本人たちが幸せだからこそ、見る側も温かくなり、ほっとするのかもしれないな。きっと、私がまだ知らない感情が多いのだろうな」

「私もです。私もこの国のこと、精霊のこと……知らないことだらけです。それでも、殿下に教えていただきましたから。知らないことはこれから知ればいい。遅いということはないのだから。足りないのも悪いことではない。補ってくれる誰かがいればいいのだから、と」

殿下は私の言葉に目を見開くと、目元を赤らめてはにかむように笑った。

「ありがとう、ラシェル。いつだって君が気付かせてくれるよ」

「同じですよ。私も殿下がいつも手を差し伸べてくれて、ゆっくりと歩いてくれるからこそ、前を向き続けられるのです」

殿下は先ほどまでの暗い影の差す微笑みではなく、清々しい笑みで私へと視線を向けた。そして、大切なものを包み込むかのように、優しく私の手を握る。

殿下は私としっかり手をつないだまま、祭壇のほうへと足を進める。静寂に包まれた教会内に、私と殿下の2人分の足音だけが響き渡った。

祭壇の前に着くと、一層ステンドグラスの美しさが際立って見えた。今にも飛び出てきそうなほど、色鮮やかな光を纏う精霊王の姿に、思わず息を呑む。

「ラシェル、私はこの国が好きだ」

大きな声量ではないがはっきりと言い放った殿下は、何かを決意したかのように、凛々しい姿でただ前を見つめている。

「この国の民が好きだ」

――えぇ、殿下。存じております。あなたがこの国のために尽力している姿は、私もシリルもテオドール様も近くで見ておりますから。

殿下は誰よりもこの国を愛して、民を敬っている。民の優しさや強さを知っている。そんな殿下が私に様々な国の姿を見せてくれたからこそ、私はこの国をより愛することができた。美しい姿を知ることができたのだ。

「そして、君」

ゆっくりと私のほうを振り返った殿下は、甘く熱い視線で私を射貫くように見つめた。まるでその視線に捕らわれたかのように、私は殿下から目を離すことができなかった。

殿下はふっと息を漏らしたあと、視線は私へと固定したまま、その場に膝をついた。

「で、殿下……何を」

殿下の行動に慌てふためく私をよそに、殿下はさらに笑みを深めた。

「ラシェル、君を愛しているよ。命尽きる時まで、君を守り抜く。必ずだ」

「あの、殿下……」

殿下から愛の言葉を告げられたのは初めてではない。それなのに、なぜか目元が熱くなり、涙が溢れそうになる。口から出た言葉がかすれて揺れてしまう。

だって……あまりにも殿下の想いが、その瞳から伝わってくるから。

「だから、どうか隣で笑っていてほしい。それが私の幸せなんだ」

「殿下、これ……」

殿下は繋いでいない方の手で、ポケットから何かを取り出す。直ぐにそれは指輪だと分かった。窓から差し込む光に反射するように、キラッと輝く宝石が目に入ったからだ。

殿下はその指輪を迷うことなく繋いでいた私の左手の薬指にはめ、そこに唇を落とした。

「これは君のものだ」

「もしかして……契《ちぎ》りの指輪……？」

信じられない思いで殿下を見つめると、殿下は肯定を意味するように優しく微笑んだ。

私は、ただ茫然としながら、自分の左手を顔の前へと掲げた。

指輪の中央に大きく光る宝石。窓から入る光が、宝石に反射してキラリと輝き、それに誘われるままに覗き込む。そこには殿下の刻印である鷹《たか》の紋章。

鷹は、殿下が出生時に与えられた、殿下自身を表す紋章である。そして契りの指輪とは、王家の男子が生涯に一度作ることを許される、全てを捧げ、預ける相手に贈るものであると聞く。

だがそれを作るには、百日間欠かさず特殊な魔術を用いて、自身の魔力を込める必要がある。

その手間から、時代と共に契りの指輪を贈ることはなくなった。

殿下は立ち上がりながら「君にこれを贈ると前から決めていたんだ」と頬を僅かに染めた。

「あの……ありがとうございます、殿下」

視界が涙で歪む。殿下の想いが、優しさが。そして私の胸から溢れ出てくる殿下への愛が。

その全てが私の胸を熱くする。

殿下へ向けて精一杯の微笑みを向けようとするが、今の私はしっかりと笑っているだろうか。

すると、殿下は不器用な笑みを浮かべた私の顔に添うように、両手で私の頬を包み込んだ。

「ラシェル、私の妃。生涯、君を想い、愛することを誓う」

その言葉に、私の目から耐え切れなかった涙が一筋頬を伝った。

「だから、どうか私と結婚してほしい」

「はい……はい。殿下、私もあなたを愛しています」

何度も何度も首を縦に振る。涙で殿下の表情をはっきりと捉えることはできないが、それでも、嬉しそうに目を細めた殿下の顔が見えるようだ。

ゆっくりと殿下の顔が近づく。私は自然に瞼を閉じた。その直後、唇に温かいものが触れる。2人きりの小さな教会。窓から差し込む優しい光に包まれながら、殿下は私の唇に温かく優しいキスを落とした。

◆◇◆◇◆

殿下とのお出かけから数日が経った。

あの日以来、私は左手薬指に殿下から貰った指輪を着けており、ことあるごとにそれを眺めることが増えた。

鷹の紋章を見るだけで、殿下の凛々しいお姿が目の前に見えるような気がして、殿下をより一層近く感じる。それに、この指輪は私の指にすぐ馴染み、まるで以前から着けることが自然のような、どこか不思議な感覚がある。

「熱心に見つめてくれると贈った私も嬉しいが、今日は私の方を見てくれるとより嬉しいかな」

「あっ、殿下！　申し訳ありません」

焦る私をよそに、殿下は口元を手で覆いながら、肩を揺らせて笑いを溢した。そして、「いや」と前置きしながら目を細めて「ラシェルが喜んでくれたなら、それが私にとっては何より幸せだ」と嬉しそうに頬を緩めた。

「いただいた日から、気がつくと眺めてしまっていて……」

「ラシェルにそんなに熱心に見つめられるとは、指輪が羨《うらや》ましいな」

殿下は私の手を取り優しく唇を落とすと、口の端を上げた。その色気に、思わず赤面して手を引っ込めようとするが、殿下に遮られ、ギュッと強く握りしめられた。

「もう逃がすつもりはないからね」

「逃げるなど……そのようなことはしません」

私の言葉に殿下は嬉しそうに、愛おしそうに甘い笑みを向けてくれる。いつも王太子として朗《ほが》らかな笑みを張り付けた殿下が、私には素の表情を見せてくれると思うと、それだけで信頼してくれているのだと思えて嬉しくなる。

と同時に、殿下のこの笑顔を独り占めしたいなんて……そんな卑しい考えも浮かんできてしまうのだ。

――殿下に沢山笑顔になってほしいのに、それを他の人に向けてほしくないなんて。自分の嫉妬心に呆れるわ。一度はそれで全てを失ったというのに。

殿下にはそんな私の醜い姿を知って欲しくない。胸の奥で黒く渦巻く靄を深い底に隠しながら、そう願わずにはいられない自分に対し、また心の中でため息を吐く。

「ラシェル、やっぱり今日は止めようか？　とても不安そうな顔をしているし、それに……」

殿下の視線を追うと、そこには殿下のジャケットの裾を掴む私の手。

――またやってしまった。

「も、申し訳ありません」

殿下の服からパッと手を離す。殿下は私の髪を優しく撫でた手を頬へと滑らせ、眉を下げた。

「君の抱え込みやすい性格はよく知っている。だから、不安なことや嫌なことは私も共有したいな。それに、ラシェルにそんな顔をさせてしまう原因は大抵私にあるのだろうから」

「そのようなことはありません！　殿下にお会いするだけで、私は幸せな気持ちになるのですから。今日だって、殿下に会えるのを楽しみにしていて……」

「ラシェル……」

殿下は私の言葉に目を見開いたあと、満開の薔薇《ばら》を背景にしたように一瞬で破顔した。だがその直後、視線を遠く僅かに見える大きな扉へと向けて、ため息を吐いた。

「私もだよ、ラシェル。君に会うだけで、いつだって私は浮かれて、心が満たされて、幸せなんだ。だからこそ、今日は本当にこのまま陛下に謁見するのがいいことなのかを計りかねている」

陛下に謁見する。その言葉に、思わず体が強張る。だが、今日、陛下に謁見することを決めたのは私自身なのだから、と自分を強く保とうと足を踏ん張り、殿下へと視線を向ける。

「ラシェル、本当にいいのか」

「殿下、心配していただきありがとうございます。……でも、私が希望したことですので」

「だが、陛下はまた君を傷つけることを言うかもしれない」

そう、今日は陛下と話をするべく王宮に参上したのだ。というのも、私が闇の精霊王から加護を授かったことを正式に陛下に報告したからに他ならない。

以前の私であれば、あの氷のような陛下の視線に耐えかねて、逃げ出したくなっていただろう。

それでも、私は殿下の妃になると決めたのだ。陛下を前にして何も言えないようでは、王太子妃、そして王妃になる資格などないだろう。

「えぇ、分かっています。それでも、私は殿下の隣に立つ者として、陛下から逃げるわけにはいきません。それに、私には殿下、あなたが側にいますもの」

おずおずと殿下を見つめると、殿下は困ったように眉を下げながら「あぁ、分かった」と微笑みながら腕を差し出した。私は殿下の腕に心強さを感じながら、そっと自分の手を添えた。

「では、共に陛下に立ち向かうとしようか」

「はい」

殿下と共に、陛下の執務室の扉の前へと進む。王太子の執務室とドアは同じはずなのに、扉からも重々しさを感じて足が竦む。

そんな私を気遣うように視線を向けた殿下に、大丈夫だという気持ちを込めて微笑む。すると、私の考えが通じたのか、殿下も優しく微笑みを向けてくれた。

そして、殿下は鋭い視線で扉を睨むように前を見ながら、ノックをする。

「どうぞ」

ノックの音にすぐに反応したように扉が開かれると、宰相の姿があった。宰相はにこやかに「王太子殿下、マルセル侯爵令嬢。本日は私も同席しますので」と、入室するようにと手の動きで促した。

正直、宰相がいることは予想していたとはいえ、緊張が走る。陛下の圧倒的な存在感にも埋もれず、常に友好的に微笑みながらも有無を言わさぬ空気をまとった方という印象だ。

「あぁ。陛下は？」

「既にお待ちです」

その言葉に隣を見遣ると、そこには先ほどまでの柔らかい雰囲気を微塵も感じさせず、眉を顰めながら、ただ一点を真っ直ぐに見る殿下の姿があった。その視線の先を辿ると。

「何をもたもたしている。時間はさほど取れないのだから、早く座れ」

そこには悠然と座り、こちらを見る国王陛下の姿があった。

「マルセル侯爵令嬢、話は全て事前に把握している。闇の精霊王から加護を受けたことも、魔力が戻ったこともな」

私と殿下が陛下の向かい側に座ると、陛下は重々しい空気を気にも留めずに口を開いた。事前に陛下に、私が加護を貰ったことを含めて今の段階で分かっていることは、全て殿下経由で報告している。

つまり、事前に報告済みの事柄は省いて話をするように、ということなのだろう。

「はい。戻った魔力と精霊王の加護に関して……殿下と共にこの国の平穏のために使っていけたらと思っております」

私の返答に、陛下は満足そうにひとつ頷くと、「そうか」とだけ返された。

「陛下はラシェルが闇の精霊王から加護を貰ったことを、どのようにお考えでしょうか」

私たちのやり取りを黙って聞いていた殿下が、言葉に棘を含んだ物言いを隠すことなく陛下へと浴びせた。それに焦ったのは私だけで、視線の先の宰相はただにこやかに微笑み、陛下は面白そうに口の端を上げるのみであった。

「喜ばしいことだ。闇の精霊王の存在が明らかになっただけでなく、その加護を受けたのだからな。我が国にとってこれ以上ないほどに素晴らしいことだろう」

「大神官と相談の上で、闇の聖女と認定するつもりですよ。光の対となる存在であれば、それが相応しいかと」

陛下の言葉を補足するように言った宰相の言葉に、思わず目を見開く。

――闇の聖女？　この国では光の精霊王を神と崇めている。だから光の加護を受けた者が聖女と名乗ることはわかる。だが、闇の精霊王の加護が果たしてどういった立ち位置になるのか、私自身も陛下がどのような判断を下すのか心配であった。

陛下の様子を見るに、闇の精霊王を光の精霊王の対と考え、光の精霊王同様に信仰の対象としようとしているのかもしれない。

私の想像でしかないが、きっと闇の力が想像以上であったことが大きいのだろう。

「光の聖女はこの国に留まり、聖女として尽力すると誓ったそうだな」

「はい。彼女は王家とは別の人生を歩むことを選びましたから、婚姻には口出し無用です」

「報告は聞いている」

陛下は何でもないことのように頷くと、隣の宰相へと視線を動かした。

「陛下は光の聖女が国外に出ることなく、この国に留まり聖女としての役割を果たしていただくことを望んでおいでです。聖女が殿下との取り引きに応じ、婚姻よりも強固な契約を結びましたので、こちらからは特に何も申し上げることはありません」

「そうですか。では、光の聖女の件は約束通りに」

「あぁ、今のところは現状でいいだろうな」

宰相は《婚姻よりも強固な契約》と言っていた。それはつまり、国王陛下と王太子殿下だけが使用を認められた、他者との契約の術……それを使ったのかもしれない。

契約内容は口にできないだろうから、どのような契約かを知るのは陛下、殿下、アンナさんだけなのだろう。

殿下へとそっと視線を向けると、未だ厳しい顔で陛下を真っ直ぐに見据える横顔があった。だが、僅かに口角を上げてニヤリと笑うと、陛下に向けて一枚の紙を差し出した。

「これで勝負は私の勝ち、ということでいいですね」

――勝負？　勝ち？

勝ちとはどういうことなのか、不思議に思いながら、殿下が陛下へと差し出した紙を見ようと覗き込む。だが、折りたたまれた紙に何が書かれているのかは分からない。

殿下へと視線を移すと、私の視線に気がついたようで「あぁ、この紙が気になる？」と、陛下に向けていた厳しい目元を緩めて、小声で私へと声を掛けながら優しく微笑む。

「何だ、マルセル嬢には賭けの話はしていないのか」

「賭け……ですか？」

「やはり知らないようだな」

「あとでゆっくりと殿下からお聞きになるといいですよ。殿下がいかにあなたを想っているかがわかりますから」

陛下は口の端を上げるだけで、表情だけを見ると依然不機嫌そうではあるが、その声色は楽し気にからかいを滲ませている。続く宰相は、私たちの様子が興味深くて仕方がないとでも言いたそうな笑みを浮かべている。

正直、陛下はもっと厳しい顔でこの話し合いの場に臨むと思っていた。

魔力が戻り、闇の精霊王から加護を受けたからといって、全てが思い通りに進むとは思っていない。きっと殿下との婚姻も認められるのは難しい……そうどこかで感じていた。

だが今の陛下からは、今までのような氷を纏う冷たさをさほど感じない。それどころか、僅かではあるが、歩み寄る空気を感じるのは気のせいだろうか。

ふと隣へと視線を向ける。

隣にいる殿下は変わらず眉間に皺を深めているが、陛下へと向ける視線には《何を企んでいるのか》という、見極めるような厳しさが窺える。

陛下は殿下へと視線を向けて、ひとつゆっくりと息を吐いたあと、出された紙を手に取り、

「サインは後ほどしておこう」と言いながら宰相へと手渡した。そして、もう一度殿下と私に視線を向けると、口を開いた。

「其方《そなた》たちの婚約の話だな。継続でよいだろう」

「……それだけですか？」

陛下の言葉に、殿下は静かに、だがはっきりと問いかけた。その言葉には苛立ちが含まれるようにも感じる。「殿下……」と思わず声をかけるが、殿下の陛下へと射貫くような厳しい視線に口を噤《つぐ》む。

「陛下、ラシェルに言うことはそれだけですか」

「何が言いたい。お前たちの望む通りになったのだから、これ以上何と言えというのだ」

「そもそも私は、ラシェルとの婚約を継続する意思があったものを、陛下が勝手にマルセル侯爵とラシェルに解消を申し渡したのでしょう」

「あぁ、あの時は光の聖女が誕生したからな。だが、お前と約束した通り、マルセル侯爵令嬢が魔力を取り戻し、光の聖女が国に留まるという条件を満たしたのだから、婚約は認めよう」

「結局、陛下はラシェルの力も利用しているだけですね」

殿下の言葉に、陛下は片眉を上げながらニヤリと笑うと、「それの何が悪い」と言い放った。

「いいか、ルイ。私は国王だ」

「ええ、あなたは確かに国王です。今は、ですが」

殿下のわざと強調した言葉に棘を感じるのは気のせいだろうか。陛下もそれに気がついたようで、息を漏らすように笑うと、肘置きに腕を置いてゆったりと座り直しこちらを向く。

「もちろん、忘れてはいない。勝負は私が負けたのだから、数年後、そう遠くない未来にお前の治世となることを約束しよう」

殿下の治世ですって？　驚きに目を見張る私をよそに、宰相は何も驚くような表情をしていないことから、この話を既にご存知なのだろう。

それにしても、先ほどの殿下の発言、そして今の陛下の言葉から考えると、つまり勝負に勝った場合は、殿下に王座を譲り渡すということ？

ひとり混乱する私は殿下へと視線を移す。すると、殿下も陛下の言葉に驚いたように目を見開き、唖然とした表情をしていた。

「なんだ。お前は父が約束を反故にする愚か者とでも思っていたか」

「いえ、ですが……」

「はっきり申してみよ」

「陛下があっさりと王座を降りるとは、予想外で……」

「大方、お前のことだから、私が国王という椅子に執着しているとでも思っていたのだろう。

悔しがる顔でも見たかったか」

「……っ」

「お前の期待に応えられなくて、残念であったな」

殿下が驚くのも無理はない。私だって陛下は、国王としての生き方を最優先にしていると感じていた。そのために、家族を顧みずに国を豊かにし、他国と渡り合える国作りを無理にでも推し進めているように見えていた。

それを、殿下との勝負に負けたからといって、あっさりと手放す？

——でも、それって……。さっきからの陛下の言動を考えると、むしろ……。

陛下と殿下を交互に見ながら、陛下の言動を振り返ろうとしていると、はっきりとした声が目の前から聞こえてきた。

「お前は、私がお前のやることなすこと全てを否定するようにみえているようだが、それは違う。この国に利があることで、正しい方向へと導いていけることに反対はしない」

その顔はまさに、国王としての威厳を持ち、国に全てを捧げた王としての表情であった。

私も殿下も何も言えずに、ただ黙って陛下の言葉を聞いていた。すると、陛下は面白そうにニヤリと笑う。その笑みは、どこか殿下と似ていてハッとする。

「だが、其方にひとつ忠告をしてやろう。お前が今のように腑抜けた顔つきをしている限り、この国は傾くだろうな。私がここまで築き上げたこの国を、お前が弱らせる。民は貧困に喘《あえ》ぎ、他国から攻め入られる可能性もあるだろう」

「何を……。寝言なら寝てから仰ってください」

「それに、サリム地区であったか。お前はあの場所をどうにかしようとしているようだが、物事には順序がある。お前がやろうとしていることなど、子供の遊びのようなものだ」

「……何だと？」

陛下の言葉に、殿下は膝に乗せた拳を強く握り、小さい声で苛立ちの言葉を漏らした。だが、目の前の陛下は殿下の様子を一切気にも留めずに、むしろ殿下の神経を逆なでするかのように意味深な笑みを浮かべながら、煽る言葉を続けた。

「愛だの恋だのに現《うつつ》を抜かし、判断を見誤ることだけはするな」

その言葉に、殿下の苛立ちが頂点に達したかのように眉間の皺が深まった。それを見た私は、そっと殿下の固く握った拳の上に自分の手を添えた。

隣で殿下が息を呑みながら私へと視線を移したのを感じながら、陛下に「お待ちください」と声をかける。

「ラシェル」

殿下の呼び掛けに微笑みを向けることで答えながら、もう一度陛下を真っ直ぐに見た。

「陛下、不敬を承知で、一言申してもよろしいでしょうか」

「いいだろう。何だ。申してみよ」

陛下は片眉を上げ、顎をクイッと動かしながら、私に話の続きをするように促した。

不思議なことに、今日陛下にお会いしてから、今まで感じていた畏怖の念は感じない。それは、陛下があえていつものような王としての威厳のある雰囲気を緩ませているせいなのか、それとも、初めて国王としての陛下以外の顔を微かに見ることができたからか。

先ほどから厳しい言葉を吐く陛下の表情が、若干ではあるが私をからかう時の殿下の表情と似ている気がする。だからこそ、私は陛下を前に震えを感じることはなくなっていた。

「殿下がこの国を想って尽力していることは陛下もよくご存知かと。王太子としての資質を認めているからこそ、厳しいお言葉を投げかけているのかもしれません」

「ラシェル、陛下はそんな甘い人間ではないよ。私のことだって、駒のひとつにしか思っていないのだから」

隣で大きなため息を吐きながら、吐き捨てるように言う殿下の言葉も、間違ってはいないのだろう。きっと今まで親子の愛情など感じたこともなく、ただ次代の王を育てるという目的が最優先な親子関係だったのかもしれない。

だが、殿下が王としての資質を認められ、現国王が退いたその時は？　陛下は殿下をただの駒としか見ていないと本当にいえるのだろうか。

「私には賭けの話はわかりません。それに、陛下の人間性も、殿下との親子関係も存じ上げません。それでも、賭けに勝った負けたで王位を殿下に譲り渡すような方とは思えないのです。むしろ……殿下が国王として十分に働きが期待できるから、としか考えられません」

だからこそ、憎まれるような言葉で煽っているのかもしれない。この国の未来が、そして殿下の治世が豊かで穏やかなものであるように。

「聖女が誕生したことで、魔力のない私では王妃として不十分と、そう思う人は多いでしょう」

国の未来を想うからこそ。殿下の妃になり殿下の支えになるには、私自身の力を取り戻す必要があった。今ようやく陛下にとって、私は合格ラインに立つことができたのだろう。

確かに、陛下の考えや行動を全て肯定することはできない。殿下はなおさらそんな考えが強いだろう。それでも、陛下と殿下の描く未来の方向は僅かに違っていても、国を大事にする気持ちは一緒だ。

「陛下、どうかこれからも見守ってくださいませんか。そして、今後もこの国のために共に手を取り、尽力していただけると嬉しく思います」

「ラシェル、君の真っ直ぐなところは美徳だと思う。それでも、相容れない人間もいるんだよ」

「いいえ、殿下。陛下には伝わっているかと」

諦めたような殿下の表情を見ながら、私は首を横に振ると、殿下は怪訝《けげん》そうに眉を顰めた。

「だって、陛下のお顔が……その、とても楽しそうな……」

「は？　陛下が？」

私の言葉に噴き出して肩を震わせたのは、宰相であった。私たちのやり取りを黙って聞いてはいたものの、我慢の限界とでも言いたげに、「マルセル嬢は観察力に優れていますね」と笑みを深めた。

「……私が楽しそうな顔をしている、か」

ポツリと呟いた陛下はソファーから立ち上がり、窓際までゆっくりと歩いていき、大きな窓の前に立つ。腕組みをしながら遠くを眺める陛下は、いつものキリッと険しい目つきを和らげながら、ひとつ息を吐いた。

「そう言われたのは、私が王太子であった時以来だな。……でもそうか、楽しそう、か」

顎に手を当てて考え込みながらこちらを振り返った陛下は、口元を緩めながら殿下へと視線を向けた。その陛下の表情は、初めて見る柔らかい笑みだった。

「あぁ、そうかもしれないな」

「私の考えなのですが……殿下に言い返されることが嬉しいように見えます」

「まさか……嘘、だろ」

かつて見たことがない陛下の様子に、殿下の顔をそっと窺うように見ると、動揺しているのか視線を彷徨わせている。だが、一度瞼を閉じてひとつ深呼吸をした殿下は、再度目を開けた時には、いつもの冷静な殿下に戻っていた。

「あなたがどう考えていようが、私は、陛下のことは自分の父ではなく、この国の国王としか見ることができません」

「そうであろうな。私もそうであったからな」

陛下は動じることもなく、再び表情を険しくしながら、国王としての佇まいへと戻す。

「とにかく、お前たちの婚姻に関して反対することはない。マルセル侯爵令嬢の加護の件も含めて、まずは近々開催される王宮舞踏会で正式に発表するつもりだ」

「ええ、今日は宣言だけのつもりなので。ラシェルの今後のことや結婚式の日取りなど、詳しいことはまた後日改めて」

「あぁ」

殿下と陛下、2人の間のどこか冷えた空気は消えることのないまま話し合いは終了した。殿下と共に陛下と宰相に礼をして退出すると、殿下は私の手を握りながら足早に進んだ。

硬い表情で進み続ける殿下に、思わず心配になり「殿下……」と声をかけるが、殿下には聞こえていないようだ。眉間に皺を作った難しい顔をしたまま唇を噛み締めている。

「殿下……殿下！」

「あぁ、ラシェル。今日はありがとう」

「混乱されているのですか？」

私の呼び掛けに、ようやく我に返ったかのように足を止めた殿下は、ジッと見上げる私の顔を見て、「すまない」と瞼を閉じながら謝罪の言葉を口にした。

「そうかもしれない。あのような陛下の顔は初めてだったから、思わず動揺してしまったようだ。でも、もう大丈夫だよ」

「いえ、殿下。大丈夫ではありません」

だって、今にも泣きそうなほど弱々しい顔をしている。思わず殿下の頬に添えた私の手に、殿下は安心したように息を吐いた。そして殿下の大きな手が私の手を包むように重ねられた。

「今更、父親のような顔をされても困るんだよ。あいつは国王陛下であって父親じゃない」

「えぇ」

「今頃になって父親面《づら》なんてされたくもない」

幼い時から父親の背を追い、褒められたくて努力も沢山したのだろう。その度に、幼い殿下は父親に裏切られてきた。父を王としてみることで、何とか均衡を保とうとしたのであろう。

だから、陛下が歩み寄る態度をみせるのであれば、殿下もそうするべき、などということは言う気もないし、それが正しいとも思わない。

それでも、いつの日か……。いや、それを考えるのはやめよう。

きっと親子の数だけ、形がある。埋まらない溝だってあるのだろう。それを本人が望んでいないのに、無理に埋める必要だってない。

私にできるのは、ただ殿下の側で寄り添うこと。彼にとって、安心して息ができる場所になることなのだから。

◆◇◆◇◆

陛下は謁見での言葉通り、私と殿下の婚姻を進めるべく、盛大な王宮舞踏会の開催を発表した。国内の貴族のみならず近隣の王族や大使を多数招待し、私を王族に迎え入れることを国内外に正式に発表することになっている。

「ラシェルさん！」

「アンナさん、こんにちは」

教会で学ぶことが許され、今日も空いた時間に教会に立ち寄った。本日は、大神官様から直々に国と精霊との成り立ちについてのお話を聞き、部屋を出たところで明るい声に呼び止められた。

アンナさんは日に日に本来の明るさを取り戻し、毎日が充実しているようだ。だが、私に声をかけたアンナさんは、何かを探すようにソワソワと視線を彷徨わせている。

「あぁ、ごめんなさい。学園の帰りに寄ったものだから、サミュエルは一緒ではないの」

「……そう、ですよね」

サミュエルが一緒でないと告げると、一気にシュンと肩を落とし、耳と尻尾が生えていたらパタンと垂れ下がっているであろうと想像がつく。

「でも、これを預かっているわ」

「え？　わ、わ……これ……」

「えぇ、手紙とお菓子よ」

「わぁ、本当に誠くんの字だ！　ラシェルさん、本当にありがとうございます！」

サミュエルからの預かり物を鞄から取り出し、アンナさんに手渡すと、パッと表情が明るくなるアンナさんにクスッと笑いが漏れる。

「順調なようね」

「はい、お陰様で。幸せ過ぎて怖くなります。自分がこんなに幸せでいいんだろうかって」

私の言葉に、アンナさんはにっこりと微笑んで頷き返すと、咲き誇る庭園へと顔を向けた。

その視線は、庭よりももっと遠くを見ているようで、どこか危うさを感じる。

――幸せ過ぎて怖い、か。

「私も一緒よ。この幸せを自分が掴んでもいいものなのか、ずっと自信がなかったの」

「ラシェルさんがですか？」

「意外って顔ね。……私はただ幸運だっただけ。間違えた私を助けてくれる人、支えてくれる人、共に歩んでいける人に出会えたのだから。でも、今はこうも思うの。それもまた、自分の選んだ道なんだって」

「選んだ道……」

「アンナさんがサミュエルと再会したのもきっと、アンナさんの強い想いが手繰《たぐ》り寄せたものだと思うわ。だから、一生懸命に道を進めば、新たな道が現れるのではないかしら」

過去を悔やむ気持ちが消えることはないだろう。後悔も苦悩も、私が背負うべきものだから。

それでも、生きている限り未来はある。自分を、そして私を信じてくれる相手を裏切らない行いをしていく。それが、私に今できることなのだろう。

「幸せであればあるほど、この幸せがいつ消えてしまうかと怖くなるのよね。……でも、それは、幸せが当たり前ではない、幸せとは何かを知っている、ということなのだから。失うことを恐れるよりも、今手にある幸せに感謝して、大切にしていけたらって。私はそう感じているの」

私の言葉に、アンナさんは「大切に……」と小さく呟く。一瞬俯いたアンナさんが顔を上げたその瞬間。パチン！　とアンナさんが自分の両頬を手のひらで叩く音に、驚きで声を失う。

「よし！　気合入った！」

「な、なにを……」

「ぁあ！　驚かせてしまってすみません。自分で自分に喝《かつ》を入れてました！　もっと頑張ろうって」

――い、痛くないのかしら。随分な音がしていたけれど……。

「ラシェルさん。私、また誠くんに会えて本当に幸せなんです」

「え、えぇ」

「それと、ラシェルさんに出会えて本当によかったなって、凄く思います。ラシェルさんはいつだって、暗闇に光を灯してくれるんです。いくら感謝してもしきれないぐらい。……だから、私もラシェルさんが困った時に助けられるぐらい強くなります。それで、ラシェルさんが殿下と一緒に作るこの国の未来を支えられるようになりたいです」

すっきり晴れ晴れとした表情に、意志の宿った強い瞳をしたアンナさんの姿が、陽の光を受けて眩《まばゆ》くみえる。

もう迷子のような鬱々《うつうつ》とした顔をしたアンナさんはどこにもいない。もしかすると、彼女はそう遠くない未来に、聖女の力を存分に使うことができるかもしれない。

そう確信めいた何かを、今のアンナさんからは感じる。

アンナさんの目の前に立ち、姿勢を正し、自分の手をアンナさんの前へと差し出す。

「私もあなたに出会えて嬉しいわ。ありがとう、アンナさん」

アンナさんはポカンと不思議そうな表情をする。だが、すぐに嬉しそうに顔をほころばせると、私の手をギュッと握った。

「今度の舞踏会、私も大神官様と参加できそうなんです。だから、ラシェルさんの幸せを沢山、目に焼き付けますね」

「アンナさんのお披露目にもなりそうね。私も楽しみにしているわ」

「が、頑張ります……」

お互い顔を見合わせて、クスクスと笑いながら肩を震わせる。すると、ふわっと花びらが舞うように穏やかな風が、私とアンナさんを包み込んだ。

◆◇◆◇◆

煌《きら》びやかなシャンデリアの下、華やかなドレスが舞い踊る。華麗な音楽に合わせてふわりと揺れる、キラキラと光る金髪を見つめながら、私は心の底から今この時間を楽しんでいた。

「疲れた？　開始から3曲連続だからね。少し休もうか」

「えぇ、そうですね」

曲が終わると、殿下は私をダンスフロアから連れ出し、給仕からシャンパンのグラスを2つ貰い、1つを私へ差し出した。

殿下にお礼を伝えながら、グラスに口をつける。シュワッと冷たい泡が口の中で弾けながら、喉を伝わる。それが火照《ほて》った体にとても心地いい。

「今日の舞踏会は、いつにも増して華やかですね」

「あぁ。国内だけでなく、国外からも多く招待しているからね。あとで一緒に挨拶に回ろう」

今日は、私にとって大事な日。特別な王宮舞踏会だ。殿下との結婚式を挙げる日が正式に決定し、それを発表すると共に、私が闇の精霊王から加護を頂いたことも公表する。

「王太子殿下、本日はご招待ありがとうございます」

「王太子殿下、ラシェル様、結婚式の日取りが決まったそうで、本当におめでとうございます。この国の更なる安寧《あんねい》のため、私も微力ながら尽力していきたいと思っております」

その声に振り向くと、そこには大神官と共に祝いの言葉を述べるアンナさんの姿。アンナさんはクリーム色の清楚《せいそ》なドレスを纏っていた。リボンやフリルもなく、シンプルなドレスであるにも関わらず、内面から滲み出る美しさで光り輝いている。

——アンナさん。

1度目のアンナ・キャロルのような慈愛に満ちた雰囲気だけでなく、明るく活発な雰囲気も併せ持った今のアンナさん。きっと、前世の杏さんの性格も合わさっているからなのだろう。

殿下が大神官様と会話をしているため、私はアンナさんと顔を向き合わせた。

こうして向き合うと、今までのいざこざも全て楽しい思い出のようだとさえ思えてくる。

私が時を遡ったように、彼女も前世を思い出した。そんな普通でないことを経験した私たちは、何度も遠回りをして、ようやくここまで来た。

何度も泣いて、苦しんで——大切なものを手にすることができた。

「ありがとうございます。友人であるアンナさんが今日ここにいてくれて心強いわ」

「ラシェルさん……あの……」

「ええ、あなたは私のかけがえのない大切な友人よ」

「あ、ありがとうございます。わ、私もラシェルさんの幸せをずっとずっと願っています」

いつかアンナさんが『本当の意味で友達になりたい』と言っていた。でも、私たちはもう友人。それよりもっと……。この2年半という月日を必死に戦ってきた仲間、という感じかしら。

いつか一緒に笑い合えればいいと思っていたけど、思った以上に早く笑い合える機会が来たことを、本当に嬉しく思っている。

大神官様とアンナさんがその場から離れると、見計らったように、「今日はまた一段と綺麗だな」と聞きなれた声がして、思わず頬が綻ぶ。隣に立つ殿下の纏う空気もぐっと和らいだ。

「これもルイがデザインした、なんてわけじゃないよな？」

そこには、軽口をたたきながらニヤリと口角を上げるテオドール様の姿。

「お前にはもうドレスの相談はしないから安心しろ」

「そう？　まぁ相談されてもよくわかんないから別にいいけど」

むっとした殿下に、おかしそうに笑うテオドール様。いつもの光景にほっと息を吐く。２人のこの空気からは、いつだって深い信頼で結ばれていることが伝わってきて、本当に素敵だと思う。

——テオドール様。

私が時を遡ることができたのは、きっと彼のお陰なのだろう。あの森で見た過去。テオドール様が影から守っていてくれたからこそ、今私はここにいることができている。

「でも、今日のお前たちは、本当によく似合ってるよ」

目を細めて眩しそうに見るテオドール様。

楽しいことが好きで、自由が好きで、つかみどころのない人。だけど、誰よりも周囲を見て、時に厳しく、時に優しく私の背中を押してくれる。きっと殿下にとっても、そんな相手なのではないだろうか、と思う。

道がなければ作ればいい。そんな風に、固い壁をいとも容易《たやす》く壊すテオドール様に、どれほど助けられたことだろうか。

「テオドール様、あの……本当にありがとうございます」

沢山の想いを込めて伝えた感謝の言葉にテオドール様は、一瞬虚をつかれたように目を見開く。だが、すぐにふわりと優しい笑みを浮かべ、私の耳元にそっと顔を寄せた。

「あぁ、きっと幸せになれるよ。……俺の小さなお姫様」

「え？」

どういう意味だろうか、とテオドール様に視線で問いかけるが、テオドール様は笑みを深めただけ。それ以上は何も言わず、さっと私の側から顔を離した。

「おい、今何言ったんだよ」

「秘密」

焦れたように問いただす殿下をひらりとかわしながら、テオドール様は「じゃ、またあとで」とグラスを掲げながら、すっと踵を返した。

まるで一陣の風が吹き抜けたあとの静寂のよう。私は、テオドール様があっさりと去っていくのをポカンとした顔で見送った。

「全く、相変わらずだな」

「えぇ。でもそこがテオドール様らしいです」

私の言葉に、殿下は「それもそうだな」と、くしゃりと破顔した。

こんな殿下の楽しそうな笑みを見ることにも随分慣れたように思う。それに、最近の殿下は私に色んな顔を見せてくれる。不機嫌そうな顔、すねた顔、寂し気な横顔……それに、甘く熱を感じる表情。

そのどれもが、私にとってかけがえのない殿下だ。

「殿下、あの……私を妃に望んでいただきありがとうございます」

15歳で目覚めたあの日から、今まで様々なことがあった。最初は殿下との婚約を解消しようとしていた。でも、殿下が私に何度も根気よく歩み寄ってくれたことで、初めて殿下の内面に触れることができた。私の世界を広げたのは、間違いなく殿下だ。

きっと、殿下がいなければ、私は今ひとりで立つことはできなかった。

「ラシェル、感謝は私の方がしなければならないよ。君がいなければ、今も私は寂しさも、孤独も、嫉妬も……誰かを愛おしいと感じる心も、何も知ることはできなかったのだから。全部ラシェルが私に教えてくれたことだよ」

──殿下。

殿下の甘く蕩《とろ》ける視線に、私は釘付けになった。

さらに笑みを深めた殿下の表情は、とても柔らかく穏やかで、自然と私まで笑顔になる。

「ありがとう、ラシェル」

「これからもずっと側にいてくださいね。……ルイ様」

自然と口から出た。ずっと呼んでみたいと思っていたけど、恥ずかしくて言えなかった殿下の名前。

「え？　ラシェル……今、何て……」

殿下は鳩が豆鉄砲を食らったように、きょとんとした顔で私を見つめた。だが、ジワジワと顔に赤みが差し、さらには耳まで赤く染めながら、キラキラと輝く瞳で私を見つめた。

──こんなにも喜んでくれるのなら、もっと早く呼べばよかったのかもしれない。

でも、私も今だからこそ、ようやく殿下のお名前を呼べるようになったのかもしれない。

私もまた恥ずかしさで俯きそうになるのを必死にこらえ、微笑みを向ける。

「も、もう一度……」

殿下の若干掠れた言葉は、最後まで私の耳に届くことはなかった。

なぜなら、その時「殿下、ラシェル嬢」と私たちを呼ぶ声が遮ったからだ。

呼ばれた方へと顔を向けると、そこには正装姿のシリルの姿。

「殿下、ラシェル嬢、そろそろお時間です。さ、陛下がお待ちですので行きますよ」

シリルは、殿下を一瞥《いちべつ》すると、はぁっと大きなため息を漏らし、「そういうのは2人っきりの時に、と何度も言っているでしょう」と面倒臭そうに呟いた。

「待て、シリル！　今大事なところで……」

「いいえ、待ちません。こちらも大事なところなのですから。さ、殿下」

「本当にタイミングが悪いな」

「いえ。私のタイミングはいつだって完璧です」

殿下……いえ、ルイ様とシリルのやり取りに、思わずクスッと笑みを溢す。そんな私をみたルイ様は目を細めて優しく微笑み、私にそっと腕を差し出した。その腕に自分の手を添えると、ルイ様は微かに赤らんだ頬を隠すことなく、笑みを深めた。

「ラシェル、続きはあとで」

「はい」

内緒話をするように顔を寄せたルイ様に、私も頷き返した。今鏡を見たら、きっと幸せでいっぱいな私が映るのだろう、と思いながら。

外伝　テオドールの夢見た世界

『初めまして、ラシェル・マルセルです』

お転婆な少女だった子が、目の前で淑女の礼をする姿に思わず目を奪われた。忘れもしない、ルイの婚約者を紹介すると言われ、会いに行った日だった。

その相手は俺にとってよく知る相手で、遠くからそっと見守り続けた少女だった。だが、彼女に、幼い頃の俺との記憶がないことはすぐに理解できた。

寂しさを覚えながらも、久々に会話することに微かに胸が躍った。

「テオドール・カミュだ。よろしくな」

「テオドール様は殿下の親しいご友人なのですよね。どうぞよろしくお願いします」

俺に向けて笑ったラシェル嬢は、幼い頃の面影を色よく残し、輝かしい瞳をこちらに向けた。

——まずい。彼女と親しくなるのは危険だと、直感で感じた。

なぜなら、遠くで見ていた時に感じなかった胸の高鳴りを一瞬感じてしまったから。相手は親友の婚約者だ。間違いがあってはならない。そう自分に必死に言い聞かせた。

だからこそ、できる限り友好的に、それでいて不自然にならない程度に距離を保っていた。

今まで通り、遠くから俺のお姫様を守っていけば、それで十分だと思っていたから。

何より彼女の王子は、今はまだ視野が狭いところがあるが、きっと将来は彼女を一番に守ってくれる、誰よりも信頼できる相手だと知っていたから。

だから、安心して任せていたんだ。——それがあんな悲劇を生むとも知らずに。

あの日、少年時代に掛けた拙い術が、急に発動した。

考える間もなく焦りのまま移動した先で、久々に対面した彼女は、かつての美しさを失い、ボロボロの姿で無残に絶命したあとだった。

『魔力が強かったら、好きに魔術を使うこともできるのでしょ？　いじめるのに使うのも、助けるのに使うのも。どっちもできるよ』

俺を救った少女の言葉が、頭の中を過ぎった。彼女の言葉は、俺が悩んだ時、迷った時に、何度も何度も唱えるように思い出した言葉だ。

あの言葉があったからこそ、自分は人間でいられた。魔術が好きだと誇れた。

自分の存在を自ら認められた。

——だが、すまない。きっと今から、俺は本物の化け物になるだろう。

それからの記憶は酷く曖昧で、いつだって魔術を使用する時は冷静であれと心掛けていたリミットが、完璧に外れた。

それでも、ラシェル嬢を殺した賊たちを生け捕りにした点を考えると、全く理性を失っていたわけではなかったのかもしれない。

「で、犯人はわかったか」

「いや。何人か怪しい奴はあぶり出したが……背景を解明するにはまだまだ時間がかかるだろう」

「……っ！　お前、わかっているのか？　亡くなったのはラシェル嬢だぞ。お前の婚約者だ」

「あぁ、わかっているさ。私だってこうなることは望んでいなかった。修道院へ行くことは、彼女が自分を見つめ直し、周囲の悪意から彼女自身を守るためにも必要だと思っていた……だから、賛成した。まさか……こんなことになろうとは」

目の前のルイは、沈んだ表情で、事件の報告書がまとめてあるファイルを俺によこした。だが、俺はそれを一瞥すると、苛立ちに今すぐぐしゃぐしゃにして握りつぶしたくなった。

一方で、ルイの言葉は理解できた。ルイもルイなりにラシェル嬢を悼《いた》んでいる、と。

なぜなら、ラシェル嬢の事件は、一瞬で世間をにぎわせた。大罪人である、王太子の元婚約者が亡くなったと。

ただでさえ問題が重なっていたところに、大きなスキャンダル。陛下は、どうにか王家へ不信が飛び火しないように、この件を不運な事件として早急に片づけたいようだった。

――ラシェル嬢は、賊に襲われた。だが、その賊は既に捕らえられた、と。

「私にも正義感はある。陛下が正しいとは思わないし、黒幕は何年かけても捕らえるつもりだ。……だが、今は」

俺が只《ただ》ならぬ様子で、怒りに身を任せていることに気付いているのか、ルイは気まずげに言葉を濁す。

「今は……何だよ。その時じゃないって？」

何年かけても、という言葉に、頭にかっと血が上る。それじゃあ遅いだろ。あんな最期を迎える羽目になって、それなのに……。

「あんな姿であんな場所で無残に殺されて、今は静観しろってことかよ！　それじゃあ、あまりにも報われないだろ……あまりにも可哀そうだろ」

ラシェル嬢の最期の姿を思い出すと、拳が怒りに震える。この怒りは、賊に対してのものなのか。それとも、婚約者だったにも関わらず薄情な親友に向けてなのか。

――それとも、守ると約束したのに、一方的に避けて、結局は守ることもできなかった、愚かな自分自身に対してのものなのか。

「すまない。だが、お前も少し冷静になるべきだ。彼女が亡くなったことは私も悲しい。だが、それでも彼女の罪が消えることはないんだ。この件を優先して動くのは、今は得策ではない」

「……冷静、ね。あぁ、そうだろうな。俺は今冷静じゃないし、優先順位とやらを完全に間違えている。だけど、お前にも元婚約者への情ぐらいあるだろう」

俺の言葉に、ルイは瞠目《どうもく》すると、面倒くさそうに深くため息を吐いた。

「……テオドール、お前らしくない」

「俺らしくない？　ははっ、俺らしくない、か。……悪いが、俺はお前が思っているよりも大人ではないし、お前が思っている以上に無能だよ」

――たったひとつ、大切な約束さえ反故にするほどに。

ポツリと独り言のように呟いた声はルイには聞き取れなかったようで、ルイは眉を顰めて聞き返した。だが、俺はこれ以上ここに留まることで、さらに溝を深めてしまう気がした。

何より、ルイが動かないのならば、俺がここにいる意味などない。

だったら、ラシェル嬢が望む望まないに関わらず、俺が犯人をこの手で捕まえないことには、ラシェル嬢の弔いさえできない。

苛立ったまま踵を返し、足早に進む俺を、ルイが引き留めるように大声で呼んだ。

だが、それに応えずに俺は、ただ暗く濁った世界を、前へと進むべく力いっぱい目の前の扉を開け放った。

――ガンッ

大きな音を立てたドアの音に、ビクリと起き上がる。急激に速まる心拍と冷や汗に、何が起きているのかわからない。

周囲をぼやける視界で見回すと、どうやらここはルイの執務室で間違いない。だが、今さっき苛立ちに任せて開けた扉は綺麗に閉まっている。

――今のは……夢か？

よくわからないが、酷く頭が痛む。同時に、今見た夢があまりにもリアルで、今も手が僅かに震えている。

頭をクリアにするべく、横になっていたソファーから体を起こすと、体の上に上質なタオルケットが掛けられている。

そして顔を横に向けると、執務机に座っていたルイが眉間に皺を寄せた。だが、ルイは何かの作業に集中するように机の上で手を動かしており、視線は合わない。

「おい、テオドール。ようやく起きたか。全く、いつもいつも私の部屋のソファーで休んでないで、早く帰って家で休めよ」

一瞬、先ほどの悪夢が蘇り、無意識に体が強張る。それを無理やりにほぐそうと、大きく伸びをしながら、何やら集中しているルイに近寄る。

「あ？　あぁ、悪い。……って、何それ。何を大切そうに持っているんだ？　お前の魔力で作った魔石だよな。相当手が込んでいるように見え……え？　鷹？」

慌てたようにルイは作業を中断し、机の上に置かれた魔石を隠すように手で握りしめた。だが、時すでに遅し。隠す前にしっかりと確認してしまった。

「いや、これは……」

最近はよく感情が表に出やすくなった親友の慌てふためく姿に、思わず笑いを堪えられずに噴き出す。すると、ルイはあからさまにイラッとしたように不機嫌さを露わにした。

「マジかよ。契りの指輪？　こんなのいつの間に作ってたんだよ」

「いいか、絶対にラシェルには言わないでくれ。どうしても内緒にして渡したいんだ」

「いや、言わないけど、さ」

――まさかルイが、とっくの昔に廃《すた》れた魔術を使用して契りの指輪を用意するなんてな。

ルイのラシェル嬢への想いの強さは知っていたが、それでも自分が考えるさらに何倍もの執着心に驚くと同時に、くすぐったさが胸を掠め、柔らかい温もりが宿る。

「……そっか。契りの指輪、か。ルイがそんなのを誰かに贈る日がくるなんてな」

「何度も言わないでくれ。恥ずかしいから」

顔を背けるルイをからかいたくて仕方がない。だが今は、それをしようとする気にはならない。それよりも、素直に喜びが勝る。

今のルイの様子から、指輪を渡された時のラシェル嬢の嬉しそうな姿を容易に想像することができたから。

――そして思うんだ。あぁ、2人は何があっても大丈夫だ。そう確信できるからこそ。

「ルイ、よかったな。一生を共にしたいと思える相手に出会えて。その相手がラシェル嬢で。本当におめでとう」

「何だよ、あらたまって」

「ちゃんと守るんだぞ。……今度こそ」

――今度こそ？　俺は何を言っているんだ？

思わず口から零れた呟きに、ハッとして口を噤む。自分で何を言っているのか意味がわからないが、目の前のルイも同じように不思議そうな顔をしていた。

もしかしたらさっきの悪夢の影響かもしれない。今はもう朧気で、あまり覚えていないが、想像もしたくないほどの悪夢だったことだけは覚えている。

そして、喪失感と恐怖、絶望感も。

だが、そんな俺の心配はきっと杞憂に終わるだろう。それは、俺がいつも側にいるルイとラシェル嬢を見ていればわかる。

「よくわからないが……私の全てをかけてラシェルを守っていくよ」

「あぁ、十分だよ。あー、何かいいな、こういうの。きっとさ、何ていうの？　幸せってやつ。あれは、こういうことなんだろうな」

「何だ？　お前らしくないな」

「あぁ、そうだな。俺らしくないかもな。だけど、たまにはいいだろ」

なぜか、以前にも同じような言葉をルイに掛けられた気がする。だが、俺らしくないという言葉が、無性に柔らかくよい言葉のように聞こえた。

きっと、ルイやラシェル嬢だけでなく、俺もまた、この2人と一緒にいることで何かが変わったのかもしれない。

今日の俺は確かに、俺らしくない。だが、たまにはそんな日もあっていいだろう。そんな風に考えながら、眉を下げる。

すると、ルイは僅かに目を見開き、すぐに肩を竦めながら微かに笑った。

「……あぁ、悪くないな」

あとがき

蒼伊です。再びご挨拶ができること、とても嬉しく思います。

この度は『逆行した悪役令嬢は、なぜか魔力を失ったので深窓の令嬢になります3』をお手にとっていただきまして、誠にありがとうございます。

3巻では、過去を振り返り己を見つめ直したラシェルが、自分の足で前に進んでいきます。新たな旅に出たラシェルを見守るルイと共に、ラシェルは多くの学びと力を得ていきます。失った魔力の行方についても新たな展開が待ち受けました。

更に、今回はテオドールの過去が明らかになります。テオドールはいつも飄々としていて、自由気ままですが、誰よりも周囲を見ている人です。情に厚く仲間思いで、いつでも明るいテオドールの過去は、意外だったでしょうか。

ラシェルが逆行したことで、ラシェルやルイに大きな変化がありましたが、テオドールもまた変わっているのかもしれません。

テオドールはいつでも物語を大きく動かすキーパーソンである気がします。どこまでも自由でいてほしいとも感じます。また、クロが誰よりも懐くのは、きっとテオドールの隠しきれない愛情深さがあるのかな、とも思います。

また、３巻ではアンナの強い想いの結末も大きなポイントです。薄々彼ではないかとお気づきの方もいたかと思います。交わりそうで交わらなかった２人の運命の赤い糸の行方は、皆さまの想像通りだったでしょうか。

ラシェルとアンナという全く違う２人ですが、どちらも沢山悩み傷つきながらも、今という時を精一杯生きる中で、どちらも幸せな道を歩んでほしいと願っています。

引き続きイラストを担当していただいたＲＡＨＷＩＡ様のとても美麗で魅力溢れるイラストに、度々感動しました。表情や動きひとつひとつが繊細で美しく、何度も心を奪われました。本当にありがとうございます。

また、担当様、ツギクルブックス編集部の方々、そして出版に携わってくださった全ての皆様に深く感謝申し上げます。

最後に、この本を手にとりお読みくださった読者様に最大級の感謝を。

本当にありがとうございました。

２０２１年６月　蒼伊

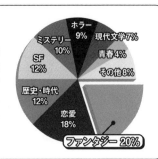

2021年10月、
最新9巻
発売予定！
もふもふを
知らなかったら
人生の半分は無駄
にしていた
1～8
著／ひつじのはね
イラスト／戸部淑
冒険あり、癒しあり、笑いあり、涙あり
もふもふたちに囲まれた
異世界スローライフ！
第7回
ネット小説大賞
受賞作！
KADOKAWA
「ComicWalker」で
コミカライズ
好評連載中！
魂の修復のために異世界に転生したユータ。
異世界で再スタートすると、ユータの素直で可愛らしい様子に
周りの大人たちはメロメロ。
おまけに妖精たちがやってきて、魔法を教えてもらえることに。
いろんなチートを身につけて、
目指せ最強への道？？
いえいえ、目指すはもふもふたちと過ごす、
穏やかで厳しい田舎ライフです！
転生少年ともふもふが織りなす
異世界ファンタジー、開幕！
定価1,320円（本体1,200円＋税10%）　ISBN978-4-8156-0334-2
ツギクルブックス
https://books.tugikuru.jp/

「アリス、貴様とは婚約破棄する!」そんな声と共に前世の記憶を思い出した騎士団長の息子エクス。夜会の会場にて今まさに王子の婚約破棄が行われているその状況で、彼は前世の乙女ゲームにて全く同じ展開があったことを思い出す。あきらかに冤罪なのに、悪役令嬢を責める王子と他の攻略対象。そして、こっそりと不敵に微笑むヒロインを見たとき、彼は決意した。大好きな悪役令嬢を救って自分のものにしようと。これは乙女ゲームの攻略対象の一人、騎士団長の息子に転生した主人公が悪役令嬢を溺愛していく甘いだけの物語。

定価1,320円（本体1,200円＋税10%） ISBN978-4-8156-1043-2

ツギクルブックス

愛読者アンケートに回答してカバーイラストをダウンロード！


愛読者アンケートや本書に関するご意見、蒼伊先生、RAHWIA先生へのファンレターは、下記のURLまたは右のQRコードよりアクセスしてください。

アンケートにご回答いただくとカバーイラストの画像データがダウンロードできますので、壁紙などでご使用ください。

https://books.tugikuru.jp/q/202107/gyakkouakuyaku3.html

本書は、「小説家になろう」（https://syosetu.com/）に掲載された作品を加筆・改稿のうえ書籍化したものです。

逆行《ぎゃっこう》した悪役令嬢《あくやくれいじょう》は、なぜか魔力《まりょく》を失《うしな》ったので深窓《しんそう》の令嬢《れいじょう》になります3

2021年 7 月25日　初版第1刷発行
2021年10月 8 日　初版第2刷発行

著者　蒼伊《あおい》

発行人　宇草 亮
発行所　ツギクル株式会社
〒106-0032　東京都港区六本木2-4-5
TEL 03-5549-1184
発売元　SBクリエイティブ株式会社
〒106-0032　東京都港区六本木2-4-5
TEL 03-5549-1201

イラスト　RAHWIA
装丁　株式会社エストール

印刷・製本　中央精版印刷株式会社

ISBN978-4-8156-1044-9
Printed in Japan